FRANKENSTEIN CHICANO

FRANKENSTEIN CHICANO

DANIEL A. OLIVAS

Planeta

Título original: *Chicano Frankenstein*

Traducido por: © 2024, Wendolin Perla
Créditos de portada: © Genoveva Saavedra / aciditadiseno
Ilustración de portada: © iStock.com/ Dusan Stankovic

Bajo el sello editorial PLANETA M.R..
Avenida Presidente Masarik núm. 111,
Piso 2, Polanco V Sección, Miguel Hidalgo
C.P. 11560, Ciudad de México
www.planetadelibros.us

Primera edición impresa en México: octubre de 2024
ISBN: 978-607-39-1569-4

Impreso en los talleres de Bertelsmann Printing Group USA
25 Jack Enders Boulevard, Berryville, Virginia 22611, USA.
Impreso en U.S.A - *Printed in U.S.A*

Para mi padre,

Michael Augustine Olivas
(1932-2020)

«Soy un malvado porque no soy feliz;
¿acaso no me desprecia y odia toda la humanidad?».

—**Mary Wollstonecraft Shelley**, *Frankenstein*

«Una vez se detuvo antes de dar la vuelta entera
y le entró miedo. Se dio cuenta de que él mismo
se había llamado. Y así empezó el año perdido».

—**Tomás Rivera**, ... *y no se lo tragó la tierra*

ÍNDICE

LA PRESIDENTA CADWALLADER RATIFICA LEY «ANTIZURCIDOS»

CAMPO DAVID, MARYLAND (AP) — Este sábado, la presidenta Mary Beth Cadwallader se comprometió a aprobar la emblemática ley antirreanimación, después de que la Cámara de Representantes y el Senado la introdujeran la semana pasada. Al aprobar la ley, Cadwallader dará el autodenominado «golpe decisivo» del ambicioso plan nacional con el que busca reforzar la popularidad de su partido, tres meses antes de las elecciones de media legislatura.

La ley, denominada «ley antizurcidos» por sus promotores, prohíbe el uso de la tecnología médica conocida como reanimación, la cual fue creada por científicos alemanes hace una década. Esta tecnología hizo posible lo que antes sólo existía en leyendas y novelas de terror: la reanimación del tejido humano inerte que, a la larga, derivó en más de 12 millones de casos documentados de reanimación de humanos en los Estados Unidos. Aunque se desconoce la cifra a nivel mundial, la OMS estima que puede haber más de 100 millones de individuos reanimados viviendo alrededor del mundo.

Gracias a la tecnología recientemente perfeccionada que permite unir partes corporales de distintos cadáveres para crear una persona completa, a los sujetos reanimados se les empezó a conocer vulgarmente como «zurcidos», en alusión a la unión de varias partes del cuerpo que requiere se suturen la carne y los músculos.

La ley antirreanimación cuenta con un fuerte apoyo de los líderes religiosos del país, quienes equiparan a la reanimación con jugar a ser Dios. No obstante, tanto los sindicatos como múltiples cámaras de comercio locales y estatales han presionado a la Casa Blanca para que vete el proyecto de ley, con el argumento de que la tecnología de reanimación beneficia a una economía en crisis al proveer una nueva fuente potencialmente inexhaustible de mano de obra joven y saludable.

«Esta tecnología no se puede usar para reanimar a los enfermos y a los ancianos», señaló Carlos Moraga, presidente de la Cámara de Comercio de los Estados Unidos. «Pero es extraordinaria para resucitar a trabajadores saludables de todos los niveles económicos, lo cual beneficia al país. Si le cerramos la puerta a la industria de la reanimación, nos quedaremos detrás de otros países que están apostándolo todo para apuntalar su fuerza laboral a través de esta tecnología.»

Entre los grupos antinmigrantes no existe un consenso, pues, por un lado, la creación de una población reanimada podría, a la larga, reducir la necesidad de mano de obra extranjera y barata. Sin embargo, estos mismos grupos afirman que los «zurcidos» no son «estadounidenses de verdad» y que, si se populariza la reanimación, en un futuro podrían reemplazar a los verdaderos ciudadanos del país.

Anticipando una triunfal ceremonia de ratificación en la Casa Blanca, Cadwallader señaló que esta ley prueba que la democracia les cumple a los votantes estadounidenses, aun si el proceso es largo y desordenado. La presidenta puso a prueba una frase que probablemente repita en otoño, antes de las elecciones de media legislatura: «Ganaron los estadounidenses de verdad. Ganó la decencia humana. Perdieron los intereses personales».

CAPÍTULO UNO

El hombre estaba sentado, solo, en la isla de la cocina. Hoy necesitaba ir a la oficina, pero, por ahora, llevaba puesta una playera blanca, *boxers* y pantuflas. Bajó la mirada hacia el par de rebanadas de pan integral con mantequila que estaba sobre un plato, cerca de una humeante taza de café. Inhaló el aroma de su desayuno e intentó nombrar lo que sentía en ese momento. El resplandeciente sol de la mañana se asomaba por la ventana de la cocina e iluminaba su desayuno como un escenario en el que los actores se habían quedado quietos antes de enunciar su primer diálogo. El hombre observó la escena.

¿Qué siento?

Se hacía esa pregunta con regularidad. Sabía que debía sentir algo mientras examinaba su primera comida del día, la cual siempre era la misma, al menos desde hacía tiempo.

¿Qué siento?

El hombre sintió que algo lo observaba. Giró el rostro hacia la ventana de la cocina y entrecerró los ojos. *¡Ah!* Nacho, el gato del vecino, estaba sentado al fondo del jardín comunal de su edificio, sobre una pared baja. Si bien lo estaba mirando fijamente, Nacho no era una amenaza. Era sólo un felino atigrado. El gato parpadeó, se relamió los labios y emprendió la huida. El hombre volvió a enfocarse en su desayuno y apoyó las palmas de las manos a cada lado de su plato. El fresco cuarzo blanco se sentía firme y estable contra su piel.

¿Esto es lo que siento? ¿Firmeza? ¿Estabilidad?

Se enfocó entonces en el contorno de sus manos. La izquierda era dos pulgadas más larga y una pulgada más ancha que la derecha. Y la derecha era mucho más oscura que la izquierda. Sí, sentía algo.

Siento remordimiento.

Remordimiento porque sus manos eran tan disparejas que la gente se les quedaba mirando y los niños las señalaban con el dedo. Incluso cuando intentaba disimular las enormes diferencias entre sus manos usando guantes en invierno, la gente se daba cuenta, en especial los niños, pues sus ojos quedaban justo a la altura de aquellos apéndices disparejos.

¿Qué siento?

Hambre. En esas circunstancias, el desayuno de pan tostado con mantequilla y café caliente cumplía, al fin, un propósito. Tomó una de las rebanadas de pan y se la llevó a la boca. La sostuvo ahí un segundo e intentó confirmar que, en efecto, tenía hambre.

Sí. Lo que siento es hambre.

Le dio un mordisco y masticó el bocado.

—¿Hay también para mí, guapo? —El hombre dio media vuelta y miró a la mujer pasar por detrás de la isla, abrir un gabinete tras otro hasta encontrar una taza para el café y servirse. Luego, volteó hacia él—. ¿Queda media crema? —Antes de que él pudiera responder, la mujer abrió el refrigerador, examinó el interior y se respondió a sí misma afirmativamente antes de sacar el cartoncito de media crema. Después de teñir su café de un café muy claro, volvió a guardarlo en el refri, se acercó a la orilla de la isla y se dejó caer en la silla contigua a la del hombre—. Espero que no te moleste que me haya puesto tu desodorante de macho, guapo.

—En absoluto —contestó él.

—Ojalá tuvieras secadora de cabello —dijo ella. El hombre observó el cabello negro, rizado y grueso de la mujer, del que caían gotas de agua que rociaban la isla de la cocina y su traje sastre negro. Ella olía al shampoo del hombre mezclado con el penetrante aroma de su desodorante Irish Spring. Le gustó cómo olía ella, pues su desodorante adquiría matices más sutiles en ella, y se deleitó con el cabello resplandeciente de la mujer. Luego recordó su deseo sobre la secadora de cabello—. ¿Pan tostado? —preguntó ella.

—Sí —contestó él.

—¿Eso vas a desayunar?

—Sí.

—¿No tienes algo un poco más mexicano?

—¿Como qué?

—¿Pan dulce?

—No, no tengo.

—¿Y blintzes de queso? No me molestaría honrar a mi padrastro judío.

—No, tampoco tengo de esos.

La mujer estiró el brazo y hurtó la rebanada de pan intacta.

—Ni modo —dijo—. Tengo que cuidar mis carbohidratos. Tendré que conformarme con pan integral tostado. —Permanecieron en silencio mientras ambos comían el pan. Tres minutos después, ella volvió a intervenir—. ¿Sabes algo, guapo? Es la segunda vez que me quedo a dormir.

—Así es.

—Y es la segunda vez que me pregunto si no desayunas otra cosa que no sea pan tostado.

—Así es.

—Sé que hay una parte de ti que es muy considerada.

—La hay.

La somera respuesta del hombre la hizo reír. En tres breves bocados, ella terminó la rebanada de pan tostado y tomó un ruidoso sorbo de café.

—Debo reconocer que el café te queda muy rico, guapo.

—Gracias —contestó el hombre mientras se le dibujaba una sonrisita en el rostro recién rasurado.

La mujer se puso de pie, llevó la taza al fregadero, se acercó de nuevo a él y le dio un besito en la mejilla izquierda.

—Yo traigo el pan dulce o los blintzes la próxima vez —dijo—. Si es que hay una próxima vez.

—Gracias —contestó él—. Espero que sí la haya.

—Qué romántico —bromeó ella—. Tal vez traeré las dos cosas.

—Gracias.

—Debo ir por mi bolsa —dijo ella—. Es hora de ir a mangonear jóvenes abogados y auxiliares jurídicos. Alguien tiene que dirigir el despacho, demandar empresas y engatusar jueces. ¿Tú también trabajas hoy?

—Sí. Luego.

—¿Luego de qué?

El hombre se quedó pensando.

—Luego de que vaya a correr y pase a la farmacia.

—Entiendo —dijo ella—. Los quehaceres cotidianos y el ejercicio son inescapables.

—Normalmente salgo a correr en la noche.

—Entonces supongo que te arruiné tu rutina anoche, ¿eh?

El hombre la escuchó alejarse para ir por el bolso que estaba en su habitación. Se preguntó si la mujer estaría observando su habitación y qué pensaría al verla a la luz del día. Instantes después, la mujer salió y se le acercó de nuevo—. Hasta luego, mi amante lacónico.

—Adiós —contestó él.

El hombre se quedó mirando fijamente su taza de café mientras ella permanecía quieta a su lado. Guardaron silencio unos segundos en que sólo se escuchaba la respiración de ambos. Después de un rato, la mujer se dio media vuelta y caminó a la puerta principal. El hombre siguió observando su taza de café mientras la oía carraspear. Segundos después, la mujer abrió la puerta y se fue. El hombre alcanzó a oír el golpeteo de sus tacones alejándose por el pasillo en dirección a su auto. Persistía el aroma a desodorante de hombre sobre la piel de la mujer. Él asintió y reconoció abiertamente lo que ya había identificado: su jabón olía distinto en ella. Le agradó la diferencia y se preguntó cuál sería la explicación científica, si es que había una. Quizá no era más que simple producto de su imaginación.

Le dio otro mordisco al pan tostado mientras oía el rugido del motor del coche al arrancar.

Masticó el bocado y le dio otra mordida al pan.

¿Cómo se llama?

Se concentró.

Se llama...

Cerró los ojos durante tres segundos y luego los abrió de golpe.

¡Ah, Faustina!

Sintió algo, aunque no sabía bien qué, pero sabía que sentía algo definible, algo provocado por el hecho de que, si se concentraba, podría recuperar información esencial cuando la necesitara.

Reflexionó un instante.

¿Qué es lo que siento?

Sonrió. Al fin reconoció la sensación, aunque no la experimentaba con frecuencia. Sin embargo, en ese instante supo lo que estaba sintiendo.

Orgullo.

Sonrió y profirió una risita. El sentimiento de orgullo dio lugar a otra cosa. Algo completamente distinto. Se concentró de nuevo para buscar la palabra precisa que describiera esa nueva sensación. ¿Qué era?

Vergüenza.

Se sonrojó tanto que le sudaron la frente y el labio superior.

Vergüenza.

Debió haber sido capaz de recordar con facilidad y sin esfuerzo el nombre de Faustina, pues la noche anterior lo había repetido varias veces en la cama, al igual que el viernes anterior, que fue la primera noche que pasaron juntos. Le gustaba saborear su nombre. *Faustina.* Se habían conocido en el congreso anual de ley ambiental en Yosemite. Los socios de su despacho no solían invitar a los auxiliares jurídicos, pero ese año había sido especialmente bueno, pues habían logrado tres onerosas conciliaciones entre la primavera y el verano. Por ende, los socios decidieron ser generosos y elegir por sorteo a uno de los cinco auxiliares para que los acompañara al congreso anual. El hombre había ganado el sorteo al sacar de una gorra de los Dodgers el papelito café con el número más bajo. Los otros auxiliares se molestaron, pues el ganador era el más joven de todos. Él no sintió remordimiento alguno por haber ganado porque había sido al azar. Pero ahora sí que sentía vergüenza por no haber podido recordar de inmediato el nombre de Faustina. Debió haber sido fácil hacerlo. Ella era socia de un despacho boutique cuyo nombre tenía grabado en la memoria porque había leído su tarjeta de presentación varias veces en la última semana: GODÍNEZ,

TSUKAMAKI & STONE. Sus ojos difícilmente se habían apartado de las letras que conformaban el nombre del despacho; de lo contrario, hubiera recordado con facilidad el nombre de Faustina. El hombre creía tener buena memoria visual, así que se concentró. ¿Cuál de los tres apellidos era el de ella? *Piensa... piensa... piensa... ¡Ah!* Recordó que Faustina era la socia fundadora del despacho, de modo que su apellido debía ser el primero.

Faustina Godínez.

Dijo su nombre en voz alta.

Faustina Godínez.

Jamás olvidaría su nombre, a menos que en realidad lo deseara.

Faustina Godínez.

La vergüenza se esfumó tan rápido como había surgido. El hombre sonrió. Instantes después, volvió a tener la sensación de que lo estaban observando. Miró hacia la ventana y entrecerró los ojos, pero no vio a Nacho por ningún lado. Profirió una risita casi imperceptible mientras volvía a enfocarse en el pan tostado y el café.

Y entonces, sin previo aviso, ocurrió lo que solía ocurrirle: en su mente aparecieron destellos de la pesadilla recurrente de la noche anterior. Se estremeció, cerró los ojos y agitó la cabeza para quitarse esas imágenes de la mente. Abrió los ojos. ¿Qué significaba aquel sueño? ¿Por qué lo tenía noche tras noche? Era como si un poder malicioso e invisible le estuviera jugando bromas pesadas. Pero ¿con qué fin? ¿Qué le había hecho él a nadie? Aquello era simple fantasía. No era un poder invisible jugándole bromas. Los sueños no eran reales. Los había de distintos tipos, como los sabores de dulce o de helado o los tipos de veneno. Había ensoñaciones, alucinaciones hipnopómpicas, sueños lúcidos, pesadillas, sueños proféticos, sueños épicos, sueños compartidos, etc. Quizá era la forma en la que el cerebro procesaba las cosas. ¿Cómo saberlo? En algún lugar había leído que los sueños no significaban nada, sino que eran impulsos eléctricos que tomaban pensamientos e imágenes aleatorias de nuestra memoria. Pero, si ese era el caso, ¿cuáles eran los recuerdos de su pesadilla recurrente? ¿En qué se basaba aquel extrañísimo paisaje que invadía su sueño nocturno? No recordaba ningún incidente que pudiera estar alimentando sus pesadillas; ninguna experiencia que formara la base para lo que se repetía en su cabeza noche tras noche.

Después de unos instantes, volvió a sentir que lo miraban. Miró hacia la ventana y entrecerró los ojos: ahí estaba Nacho, sentado en la pared, mirándolo fijamente. Agitó la mano para saludarlo, pero el gato permaneció impasible. Se preguntó qué estaría pensando. ¿Acaso Nacho soñaba con él? ¿Era él un sujeto de estudio para el gato, algo a observar desde lejos con su implacable mirada felina? Quizá Nacho ni siquiera se percataba de su presencia y estaba observando otra cosa en la casa que le parecía mucho más interesante, como un premio apetitoso. Entonces, se preguntó si los gatos pensaban. ¿Era posible pensar sin palabras? Tal vez los gatos no eran más que un manojo de instintos. A lo mejor sus maullidos tenían significado, al menos entre ellos. Los maullidos y los ronroneos eran formas de comunicación, ¿o no? El hombre volvió a mirar su café y le dio un sorbo. Se había enfriado. El desayuno se había terminado. Era hora de pasar a otra cosa.

CAPÍTULO DOS

Faustina Godínez entró a la sala de juntas con un expediente y una libreta bajo el brazo derecho y una taza blanca de café en la mano izquierda. En la taza se leía la palabra CHINGONA en grandes letras amarillas. Se sentó en una de las sillas de cuero y acomodó frente a sí el expediente, la libreta y la taza de café. Los otros socios del despacho estaban sentados uno frente al otro y seguían discutiendo la audiencia de un juicio sumario que Grace Tsukamaki acababa de cubrir en representación de uno de los abogados de mayor rango, quien había caído enfermo de una gripe tremenda. Leonard Stone asentía y soltaba risotadas mientras Grace imitaba a la jueza gruñona que había presidido la audiencia. De pronto, Faustina se dio cuenta de que había una gran charola de pan dulce, justo en medio de la mesa. ¡Qué afortunada! *Pedid y se os dará.* Faustina se levantó y tendió la mano hacia una concha rosa. Sin interrumpir su monólogo, Grace se inclinó hacia el frente y le dio un manazo a Faustina para que quitara la mano.

—¡Fui hasta La Monarca para conseguirlas! —exclamó Grace con un exagerado tono maternal, a pesar de ser siete años más joven que Faustina—. Son para la reunión de equipo en una hora. Tenemos que mantener a los abogados más jóvenes y a los auxiliares contentos y atiborrados de azúcar.

—Pero... —contestó Faustina en tono suplicante.

—Te prohíbo que arruines la perfecta simetría de la charola de pan, aunque seas la socia mayoritaria —añadió Grace—. Me tardé mucho acomodándola. Así que espera un rato, ¿de acuerdo?

Faustina obedeció y se dejó caer en la silla. Jamás toleraría que alguien que no fuera Grace la regañara de esa manera. Leonard soltó una risotada. En ese momento, su celular emitió un pitido.

—¡Mierda! —exclamó mientras examinaba el mensaje de texto que acababa de llegar.

—¿Qué pasó? —preguntó Faustina.

—El jurado volvió con una duda.

—Pero apenas empezaron a deliberar ayer en la tarde —dijo Grace—. ¿Qué crees que significa eso?

—Significa —dijo Leonard mientras acomodaba un expediente y se ponía de pie— que tengo que ir corriendo al tribunal y ver a Sahar para luego volver al juzgado y pedirle al juez que nos explique qué está pasando.

—Espero que sea una duda como «¿Podemos concederles a los demandantes absolutamente todo lo que exigió su extraordinario equipo de defensa?» —dijo Faustina.

—Apuesto que eso es exactamente lo que el jurado desea saber —contestó Leonard entre risas—. Pero en casos de agravios tóxicos pueden surgir cuestionamientos complejos respecto a la causalidad. No creo que sea nada grave, quizá una simple confusión del jurado con las instrucciones, porque debo reconocer que eran un poco más complicadas de lo que yo hubiera querido.

—Nos avisas tan pronto sepas algo —dijo Grace. Leonard bajó la mirada hacia la charola de pan dulce e hizo una pausa—. Ay, ya, toma uno —señaló Grace. Faustina frunció el ceño—. Y llévale uno a Sahar —agregó mientras sacaba dos servilletas de papel de una bolsa y se las daba a Leonard—. Necesitarán energía.

—Qué linda —dijo Leonard mientras agarraba las servilletas y las dos piezas de pan dulce—. Con esto seremos guerreros felices. —Dicho eso, Leonard se fue.

—¿En serio? —le reclamó Faustina.

—¿Qué?

—¿Leonard y Sahar tienen prioridad por encima de mí?

—Ay, no, cómo crees —contestó Grace—. Fue una excepción a la regla determinada por una emergencia en materia de litigio.

—Sí, me quedó claro.

—Además, como se llevó dos piezas —dijo Grace mientras reacomodaba las demás—, puedo reacomodar las demás y mantener la simetría de la presentación.

—¿Ahora aplicamos los principios del feng shui al pan dulce?

—¡No seas racista! —exclamó Grace con fingida indignación—. Soy japonesa, no china.

—Es un concepto universal —comentó Faustina.

—Ni siquiera sabes qué es el feng shui en realidad.

Faustina sacó discretamente el celular y bajó la mirada hacia su regazo. Segundos después, anunció:

—Los cinco elementos del feng shui, que son tierra, metal, agua, madera y fuego, provienen de la tradición taoísta. Los elementos son cinco fases interrelacionadas de la vida que colaboran en conjunto para crear un sistema completo. Por lo regular, cuando haces feng shui en casa, pones en equilibrio estos cinco elementos.

—¿Lo estás leyendo en Wikipedia? —preguntó Grace.

Faustina esbozó una sonrisita, alzó el celular y le mostró la pantalla a Grace.

—Se aprenden muchas cositas fascinantes con este aparatito —contestó.

—Bueno, ya basta de tonterías —dijo Grace—. Vamos a enfocarnos en cosas más importantes antes de que lleguen las tropas a la reunión semanal.

—¿Qué es más importante que los principios del feng shui? —preguntó Faustina mientras colocaba el celular en la mesa de la sala de juntas.

—Cuéntame todo sobre ese guapo auxiliar del congreso en Yosemite —dijo Grace. Faustina desvió la mirada—. ¿Y bien?

—¿Qué quieres saber? —preguntó Faustina antes de darle un sorbo al café.

—¿Es tu primer hombre perfumado de Irish Spring? —preguntó Grace. Faustina prácticamente escupió el café mientras contenía la carcajada—. No lo puedes disimular. Hasta acá me llega el olor. —Faustina hizo un esfuerzo por recobrar la compostura y pasar el último sorbo de café—. Y traes el cabello muy rizado. Se nota que esta mañana no tuviste a la mano una secadora de cabello.

—¡Basta! —exclamó Faustina.

—Y aunque me encantan tu traje y tu blusa, creo que un cambio de ropa te hubiera ayudado a ocultarme, ¡a mí, tu mejor amiga del mundo mundial!, el secretito de tu pijamada de anoche.

—Ya sé, ya sé —contestó Faustina, dándose por vencida—. Sí, el guapo auxiliar y yo hemos pasado un buen rato.

—¡Lo sabía!

—Pero es algo casual.

—¿Y eso qué? —dijo Grace y se inclinó hacia ella—. También lo mío con Brandon era casual hasta que...

—¿Hasta que qué?

—Hasta que dejó de serlo.

—Esto no se parece en nada a lo tuyo con Brandon.

—Y ahora, después de cuatro años de matrimonio y un bebé, debería quedarte más que claro que «algo casual» —continuó Grace mientras hacía comillas en el aire para darle énfasis a su comentario— puede transformarse en algo muy poco casual sin que te des cuenta.

—Le agradezco la aclaración, abogada —dijo Faustina—. Tomaré su argumento a consideración.

—Yo sólo digo que...

—Ya sé lo que dices, amiga.

—Quiero estar al tanto porque soy tu amiga más antigua y más sabia, y mis consejos valen su peso en oro.

—¿Vas a empezar a cobrarme?

—Oye, la guardería es costosa —contestó Grace—. Y sabes que Brandon es maestro de preparatoria. Su cuenta bancaria es un fiel reflejo de su generosísimo corazón de pollo.

—Te diré algo —dijo Faustina.

—¿Qué?

—Después del trabajo, vamos por un trago y te suelto la sopa.

—¡Bien!

—Pero te toca pagar la primera ronda, por supuesto.

—¡Sin problema! —exclamó Grace mientras enviaba un mensaje de texto.

—¿Qué haces?

—Le aviso a mi guapísimo compañero de vida que llegaré un poco tarde esta noche porque mi hermosa socia necesita desahogar su alma mientras se ahoga en alcohol.

—Eres una compañera de vida muy responsable y consciente. Espero que a Brandon no le moleste.

—Para nada —contestó Grace mientras dejaba el teléfono—. Además, creo que tiene un *crush* pequeñito en ti.

—¡Cállate!

—¡Es en serio!

—¡Claro que no!

—Y te juro que no me importa —dijo Grace—. Digo, tiene un gusto impecable. —Faustina suspiró—. Además, tenemos el acuerdo de que, si muero joven y sigues soltera o estás en un matrimonio escabroso del que necesites escapar, él te cortejará sin culpa alguna.

—¡Ah, pues gracias! —dijo Faustina—. ¡Siempre he querido ser el plato de segunda mesa!

—Ay, podría ser peor.

—Eso sí —dijo Faustina—. Eso sí.

—Y si las cosas salen bien con el chico perfumado —dijo Grace—, los tres socios de este exitoso despacho habrán encontrado hermosos y amorosos maridos.

—Ay —suspiró Faustina mientras se cubría la cara con las manos.

—¿Te imaginas una cita triple conmigo, Leonard y nuestros guapísimos maridos? ¡Al fin tendríamos un equilibrio perfecto!

—Sí, estoy de acuerdo —accedió Faustina—. Tres parejas es más parejo que dos parejas y un mal tercio.

—Eso sí que sería feng shui —dijo Grace.

—Pero no eres china.

—Una mujer brillante me dijo alguna vez que el feng shui es un concepto universal.

—Uy, las tropas nos esperan —anunció Faustina al ver al grupo de abogados y auxiliares jurídicos que acechaban al otro lado de las puertas de cristal de la sala de juntas. Les hizo una seña para que entraran.

—¡Ay, ya quiero que sea de noche para chismear! —comentó Grace mientras la sala se llenaba de voces y risas.

—Me lo imagino —dijo Faustina—. Me lo imagino a la perfección.

CAPÍTULO TRES

El hombre cerró la puerta de su departamento y se adentró en el frío matutino. Estiró las piernas y con los brazos dibujó tres círculos en el sentido de las manecillas del reloj. Inhaló profundamente, se el puso la sudadera y emprendió su habitual carrera. Giró a la izquierda en Hurlbut Street hacia Pasadena Avenue, y luego giró de nuevo a la izquierda. Estiró las piernas dando largas zancadas mientras sus músculos entraban en calor. Correr le ayudaba a aclarar la mente y lo hacía sentir íntegro. Ese día, sus brazos y piernas se movían tal como debían, como parte de una máquina creada para funcionar sin problema y con un ritmo perfecto. No siempre ocurría, pero esa vez el hombre sintió la especie de equilibrio que apaciguaba la vocecita desesperada en su cabeza. En aquella mañana fresca, su respiración se fue acelerando a medida que sus piernas fueron incrementando el paso. Mientras corría y corría y corría, su mente se sentía libre y clara.

TRANSCRIPCIÓN DE REUNIÓN EN LA OFICINA OVAL 16 SEP, 3:35 P.M.

POTUS: Bueno, ¿qué novedades hay?

ESKANDARI: Eh...

POTUS: A grandes rasgos.

ESKANDARI: A grandes rasgos... bueno, en general, las encuestas marcan...

VAN GELDEREN: Una tendencia positiva.

ESKANDARI: Sí, una tendencia positiva, en general.

LUNDGREN: [ININTELIGIBLE]

POTUS: ¿Qué tanto?

LUNDGREN: Uno o dos puntos, dependiendo del estimado.

POTUS: ¿Uno o dos puntos?

ESKANDARI: El promedio de RealClearPolitics nos posiciona un punto por encima en la quincena posterior a la ratificación de la ley.

TOMA: Y FiveThirtyEight... Nate Silver... nos posiciona dos puntos por encima, en promedio.

POTUS: A la mierda con Nate Silver.

ESKANDARI: Bueno, y, eh... CNN y los demás nos ponen en algún lugar intermedio.

POTUS: ¿Y ya?

ESKANDARI: Eh...

POTUS: ¿Uno o dos puntos?

VAN GELDEREN: En promedio, dependiendo de...

POTUS: Estamos a menos de dos putos meses de las elecciones.

ESKANDARI: Pero la tendencia es positiva...

POTUS: ¡Son menos de dos putos meses! Dijeron que esta ley nos lanzaría a la cima en las encuestas.

TOMA: No creo que hayamos usado esa frase exacta...

POTUS: Las que sea que usaron. No quiero ser un maldito cero a la izquierda con un Congreso que bloqueará todas y cada una de las chingadas cosas que se me ocurran, incluyendo a los jueces que elija. Necesito mantener el control de ambas cámaras, o al menos del Senado, porque no vaya a ser que, Dios no lo quiera, el juez este cuyo nombre no recuerdo se me muera de pronto. Y luego, ¿qué carajo vamos a hacer cuando un nuevo Senado que no esté en manos de mi partido pueda poner sus manitas sobre cualquier candidato que yo nomine? ¿Saben qué va a pasar? ¡Nada! ¡Zilch! ¡Absolutamente nada, porque el nuevo líder de la mayoría, que seguramente será el cabrón ese que ni barbilla tiene, no dejará que mis nominados pasen siquiera del comité! Ustedes lo saben, yo lo sé, y hasta mis pinches zapatos lo saben. Entonces, sin un Senado que ratifique a mis jueces, quién sabe quién llegará a la presidencia después de mí, y entonces mi legado se va al carajo.

ESKANDARI: Pero el vicepresidente parece ser el único candidato viable después de que termine su segundo mandato. Él le daría continuidad a su legado.

POTUS: ¡Ja! Apostaría que don Vicependejo no será el nominado de nuestro partido de mierda porque los votantes de las elecciones primarias son reverendos imbéciles. Si no encontramos la forma de subir en las encuestas intermedias, ya me cargó la verga de Cristo, ¡y será culpa de ustedes, cabrones! ¡La verga de Cristo!

LUNDGREN: Aún hay tiempo...

POTUS: No hay más pinche tiempo.

ESKANDARI: Podemos enfocar nuestros esfuerzos en los programas dominicales y en la tele por cable. En redes sociales, por supuesto.

LUNDGREN: Y tal vez podríamos ir a *60 Minutos*. Y a Fox News, sin duda. Durante su primera campaña también le fue muy bien con aquella entrevista con Jorge Ramos.

POTUS: [ININTELIGIBLE]

VAN GELDEREN: Tal vez podríamos lograr que el vicepresidente hiciera más...

POTUS: No, no. No quiero que don Vicependejo haga nada. ¿No lo vieron en *Meet the Press*? ¡Un puto desastre! Estaba sudando a mares. Con su sudor pudimos haber resuelto el tema de la sequía. ¡Como puerco, sudaba! No podía siquiera hilar dos palabras, y luego...

ESKANDARI: No fue tan terrible...

POTUS: Y luego, y luego... empezó a tartamudear y ya no se le entendió un carajo a lo que dijo. No, no. ¡Don Vicependejo se queda en la banca!

TOMA: Hay un ángulo que no hemos impulsado aún...

ESKANDARI: Cierto, y las cifras pintan bien en este caso...

POTUS: ¿Cuál? ¿Cuál ángulo?

VAN GELDEREN: Ya nos enfocamos en el ángulo de la moralidad...

LUNDGREN: Y en el ángulo económico...

POTUS: ¿Y luego?

ESKANDARI: El ángulo que no hemos impulsado suficiente es el de la ley y el orden.

LUNDGREN: Y las encuestas iniciales apuntan a que es crucial...

POTUS: ¿Qué tan crucial?

LUNDGREN: Decisivo, digamos.

POTUS: ¿Por qué carajo no dijeron algo antes?

VAN GELDEREN: Porque apenas ayer recibimos las cifras.

ESKANDARI: Anoche, de hecho...

POTUS: ¿Cómo impulsamos el ángulo de la ley y el orden? Digo, no puede ser tan difícil, ¿o sí? Hay una serie de Frankensteins corriendo por ahí, destruyendo el país...

TOMA: Quiere decir monstruos de Frankenstein.

POTUS: ¿Qué?

TOMA: Dijo que hay Frankensteins corriendo por ahí, pero, en la novela, el doctor Frankenstein no era el monstruo, sino su creador. O quizá sería más apropiado decir «criatura» en lugar de «monstruo». Es un término demasiado cargado.

ESKANDARI: Colega, no es el momento...

TOMA: En fin, como explica la doctora Eileen Hunt Botting en su libro *Vida artificial después de Frankenstein*, el doctor y su creación se fusionaron bajo el nombre de «Frankenstein» en las múltiples adaptaciones teatrales que siguieron a la publicación de la novela en Inglaterra y Francia, y dicha fusión persiste hasta nuestros tiempos.

POTUS: ¿De qué mierda hablas?

TOMA: Es un error habitual el de usar el término Frankenstein para referirse a la criatura y no a su creador, ¿sabe? Lo correcto sería decir, si usamos el plural, que hay criaturas de Frankenstein corriendo por ahí y destruyendo nuestro país, en lugar de decir que hay Frankensteins corriendo por ahí.

POTUS: ¿A mí qué carajos me importa eso? En serio no me importa un culo. ¡Es un pinche monstruo llamado Frankenstein! ¿De acuerdo? La gente normal lo entiende así.

TOMA: Pero...

ESKANDARI: Toma, cállate.

LUNDGREN: En serio, Toma, ahora no.

TOMA: Pero...

POTUS: ¿Acaso estudiaste literatura en la universidad o qué chingados?

TOMA: Sí, de hecho, sí.

POTUS: Pues se ve que te ha servido de mucho.

TOMA: [ININTELIGIBLE]

POTUS: Alguien dígame algo sobre los estragos que están causando esos malditos Frankensteins. ¡Tiene que haber algo!

LUNDGREN: Sí, claro...

ESKANDARI: Hay algunas anécdotas...

LUNDGREN: Y unos cuantos reportes policiacos...

POTUS: ¿Como cuáles? ¿Qué anécdotas?

TOMA: No hay nada concreto. No ha habido arrestos...

POTUS: No me importa un carajo. ¿Qué tipo de anécdotas?

LUNDGREN: Algunos empujones...

POTUS: ¿Empujones?

ESKANDARI: Sí, usted sabe, casos de zurcidos que se ponen un poco agresivos con la gente...

POTUS: ¿Agresivos? ¿Qué tan agresivos? ¡Eso no suena nada mal!

LUNDGREN: Sí, como dije, unos empujones... cosas físicas... reacciones a gente que se da cuenta de que son zurcidos...

POTUS: ¿Cosas físicas?

TOMA: Sí, es fácil hacerlos enojar.

POTUS: ¿Han roto huesos? ¿Cráneos?

TOMA: No, no. Se han quedado en simples empujones e intercambios de palabras. No muy agradable.

POTUS: ¡Joder! ¿Se imaginan si alguien muriera?

LUNDGREN: Sería terrible...

POTUS: ¡Nuestra popularidad se dispararía por los putos cielos!

TOMA: Bueno, pero no ha habido muertes.

LUNDGREN: Nada de muertes. Sólo empujones.

POTUS: Está bien, está bien. Es un buen punto de partida. ¡Estados Unidos para los estadounidenses de verdad! ¿Cómo ven? ¡Que Estados Unidos vuelva a ser seguro!, ¿no? Si funcionó para reelegirme, puede funcionar de nuevo en las intermedias. No puedo seguir la lucha si pierdo la mayoría. ¡Ese sería el mensaje!

VAN GELDEREN: Podemos buscar la fuente de las anécdotas... grabar algunas entrevistas.

TOMA: Quizá incluso obtener videos tomados con celulares.

POTUS: ¡Ahora sí nos estamos entendiendo!

LUNDGREN: He oído que algunos despachos de abogados están considerando demandar a las principales empresas de reanimación.

POTUS: Pero si ya las dejé en bancarrota con lo de la ley...

ESKANDARI: La mayoría ha cambiado de giro, pero siguen teniendo mucho dinero y pólizas de seguro, además de nuevas patentes derivadas de las tecnologías de reanimación. Así que, si existe aún la posibilidad de responsabilizarlas por algún zurcido que perdiera la cabeza y lastimara a alguien, sabemos que esos despachos demandarían a los creadores y atraerían inmensa atención mediática y la capacidad de influir a casi cualquier jurado. Nuestro partido podría estar del lado correcto de la historia.

POTUS: Okay...

TOMA: El plazo de prescripción para daños causados por algún zurcido es de tres años. Hasta el momento no ha habido demandas, lo cual es bastante sorprendente si consideramos lo que mucha gente opina sobre ellos. La realidad es que hasta hace poco no habían causado problemas, hasta esto de los empujones. Quizá la ley que usted ratificó puso nerviosos a los zurcidos.

POTUS: ¿Así que ahora es mi culpa? ¡Si fui yo quien les ofreció la única solución! El resto del mundo había empezado a amar a sus malditos zurcidos de mierda. Empezaron a sumarlos a la comunidad, a hacer activismo para defenderlos, a crearles sindicatos y a ofrecerles becas universitarias. ¡Y ni hablar de esas clases universitarias! ¡Qué ridiculez! Sociología de la Reanimación enseñándose en California, Nuevo México, ¡y hasta en pinche Arizona! Todo el mundo empezó a creer que eran víctimas, excepto yo: nunca me han gustado ni he confiado en ellos. Mi hijo quiso salir con una zurcida, pero le puse un alto. Qué curioso que baste con amenazar a alguien con desheredarlo para hacerlo entrar en razón... incluso a un perdedor como mi hijo. Así que no me lo eches en cara. No es mi puta culpa que esos malditos zurcidos estén empezando a descarrilarse. ¡Yo no tengo nada que ver con eso! Yo fui quien le dijo al Senado y a la Cámara que postularan la ley anti-zurcidos, y yo misma la firmé. Yo no soy el problema. ¡Yo soy la solución!

ESKANDARI: No, no. Para nada. Podemos manipular la narrativa a nuestra conveniencia. Podemos mostrarlo como algo que estaba destinado a ocurrir. Y entonces usted podría jactarse de habérnoslo advertido.

TOMA: Sí, algo así como «decidieron jugar a Dios, he aquí las consecuencias».

ESKANDARI: La ley de las consecuencias imprevistas...

POTUS: Bueno, entonces vamos a [ININTELIGIBLE].

VAN GELDEREN: De acuerdo, entonces meteremos el tema de la ley y el orden en programas de televisión por cable, y quizá incluso hasta filmemos anuncios televisivos y escribamos un editorial periodístico sobre cómo usted logró que el país fuera un lugar más seguro y esas cosas...

POTUS: ¡Eso, carajo!

TOMA: Esto podría lanzarnos a la cima de las encuestas...

POTUS: ¡Eso, carajo!

ESKANDARI: Podemos empezar en este instante...

TOMA: Podemos dejar de lado los otros enfoques y concentrarnos en este.

POTUS: Háganlo. Fin de la chingada reunión. Queremos que las cifras lleguen al puto cielo. Y que no se les olvide una cosa...

ESKANDARI: ¿Qué cosa?

POTUS: No quiero que don Vicependejo tenga nada que ver con esto.

ESKANDARI: De acuerdo.

FIN DE LA TRANSCRIPCIÓN

CAPÍTULO CUATRO

El hombre entró a Walgreens y se dirigió al fondo de la tienda, donde estaba la farmacia, cerca del pasillo de las vitaminas, los complementos alimenticios y los múltiples suplementos dietéticos y bajos en azúcar para diabéticos. Vio la fila y le sorprendió que ya hubiera tanta gente formada. Por lo regular, si llegaba temprano, antes de ir al trabajo (como había hecho ese día), lograba evitar el frenesí que solía suscitarse entre las últimas horas de la mañana. Por fortuna, la fila avanzaba rápido. Tras quince minutos de espera, ya solo quedaba una persona delante de él.

El hombre alzó la mirada hacia las luces fluorescentes que parpadeaban de forma casi imperceptible, pero incesante. Contó las placas del techo alrededor de luz rectangular. *Una, dos, tres, cuatro, cinco, seis, siete, ocho, nueve, diez.* Una decena exacta. Tres a los costados largos del rectángulo y dos en cada extremo angosto. El hombre parpadeó y de nuevo bajó la mirada hacia la joven que conversaba con el farmacéutico de forma quizá demasiado amistosa mientras sostenía una bolsita con el fármaco prescrito. Si ya tenía sus medicinas, ¿por qué insistía en charlar con el farmacéutico y retrasar al resto de la fila? El hombre contempló la opción de carraspear para darle a entender que había otras personas haciendo acopio de mucha paciencia para recoger sus medicamentos y que no tenían el menor interés en hacer amistad con el farmacéutico. ¿Resultaría demasiado grosero o pedante? Quizá sería mejor esperar en silencio, sin decir nada. O podría decir algo, pero sin alzar la voz, de forma respetuosa, pues la joven ya tenía sus medicamentos en la bolsa, listos para llevárselos. Mientras sopesaba las alternativas, sintió cómo una manita le tomó la mano derecha. El hombre bajó la mirada.

—Hola —dijo un niñito.

—Hola —contestó el hombre.

—¡Timothy! —exclamó una mujer que estaba cerca del niño—. ¡Deja de molestar al señor! —El niño se aferró con más fuerza a la mano del hombre—. Perdón —dijo la mujer—. Por lo regular no es así de amistoso con desconocidos.

—No hay problema —contestó el hombre—. No me molesta.

—Timothy, por última vez, ¡suéltale la mano al señor! —ordenó la mujer.

—Pero, mamá —gimoteó el niño—: ¡sus manos son diferentes!

—Claro que son diferentes —dijo la mujer—: tus manos son pequeñas y las suyas son grandes.

—No —dijo el niño—, no me refería a eso.

De golpe, el hombre le arrebató la mano y el niño comenzó a llorar.

—¡Timothy! —gritó la mujer—. ¡Pídele una disculpa al señor! —El niño resopló y se tapó los ojos—. Lo lamento mucho —agregó la mujer.

El hombre no respondió. Volteó a ver al farmacéutico, quien seguía charlando con la joven.

—Sus manos son diferentes entre sí —logró al fin explicar el niño.

La mujer se puso rígida y bajó la mirada hacia las manos del hombre. El hombre se movió nerviosamente y tan rápido como pudo metió las manos en los bolsillos del pantalón, pero fue demasiado tarde: la mujer profirió un ruidito extraño que parecía una mezcla entre un grito ahogado y tos. El hombre percibió la mirada intensa de la mujer, así que siguió mirando hacia el frente, hacia donde estaba el farmacéutico, sin moverse.

—Volvamos después —dijo la mujer—. Vámonos, Timothy.

El hombre escuchó los pasos acelerados de la mujer mientras esta huía con su hijo.

Al fin terminó la conversación entre el farmacéutico y la joven.

—Siguiente —anunció el farmacéutico.

El hombre se acercó al mostrador y dijo su nombre. El farmacéutico asintió y fue a los contenedores a buscar el medicamento prescrito. El hombre los contó: seis columnas de contenedores, recorriendo el largo de la farmacia. Cada columna tenía cinco contenedores apilados uno encima de otro, llegando desde el piso hasta el techo. Treinta en total. El farmacéutico encontró el medicamento correcto y lo llevó al mostrador. El hombre sonrió: al fin algo salía como debía. Sin embargo, el farmacéutico se detuvo a examinar el frasco de plástico.

—Lo siento —dijo el farmacéutico.

—¿Qué cosa? —preguntó el hombre.

—Sólo podemos surtir su receta parcialmente. Podemos darle más o menos la mitad del medicamento, en lugar del habitual suministro para tres meses.

—¿Por qué?

—Han puesto restricciones sobre este medicamento desde... ya sabe.

—¿Desde cuándo?

El farmacéutico bajó la mirada. El hombre esperaba su respuesta.

—Desde que la presidenta ratificó la ley esa, ¿sabe?

El hombre sabía bien a qué ley se refería el farmacéutico. Aun así, no le quedaba muy claro por qué eso influía en el suministro de medicamentos.

—¿Por qué afecta eso la disponibilidad del medicamento? —preguntó.

—Bueno, ha habido restricciones, acaparamiento y algunos problemas de suministro —contestó el farmacéutico—. Se teme que los productores dejen de fabricarlo. Ya sabe, ese tipo de rumores.

—Pero sigo necesitándolo... ¡seguimos necesitándolo! Aunque la presidenta haya ratificado esa ley —dijo el hombre mientras intentaba guardar la calma. Sintió que se sofocaba mientras el rostro se le llenaba de sudor. Conocía bien esa sensación. Era *pánico*.

—Seguro que se resolverá pronto —dijo el farmacéutico con voz gentil, como quien tranquiliza a un recién nacido—. Estoy seguro de que en una o dos semanas se les olvidará y se reestablecerá el suministro. Además, es muy probable que pronto lo producirán en versión genérica. Y bueno, no tiene que pagar hasta que reciba el resto.

—De acuerdo —contestó el hombre—. Está bien. Gracias.

—No hay de qué —respondió el farmacéutico mientras guardaba el frasquito de plástico en una bolsita de papel y la engrapaba.

El hombre tomó su medicamento y se dio media vuelta para salir de la farmacia. Al acercarse a la puerta, vio a la mujer y al niño esperando junto a las revistas. La mujer estaba hojeando una, mientras que el niño volteó a ver al hombre, le sonrió y alzó las manos con los dedos bien estirados, quizá para instar al hombre a hacer lo mismo y permitirle ver de nuevo su anomalía. El hombre desvió la mirada y aceleró el paso. Sintió que se le cerraba la garganta, así que, al salir de la farmacia, tomó una enorme bocanada de aire fresco.

Llegó a su coche y subió. Puso la bolsa de la farmacia en el asiento del copiloto, cerró los ojos y se frotó las sienes. Se enfocó en lo que había dicho el farmacéutico: que todo se resolvería, que todo estaría bien, que quizá pronto saldría al mercado una versión genérica. ¿Y si el farmacéutico se equivocaba o si simplemente le había mentido para que se fuera sin armar un escándalo?

¿Qué haría si se le acababa el medicamento? Sintió que se le aceleraba el corazón. Nada de esto estaba bien, ni era justo. Las cosas iban bien. ¡Y había conocido a Faustina! Pero nada de eso importaría si, a la larga, se quedaba sin medicamento. Tendría que confesarle a Faustina que, sin aquel medicamento... no tendrían un futuro de verdad. Seguro ella se compadecería de él, pero no tanto como para quedarse a su lado por lástima; sólo lo suficiente para ofrecerle palabras de aliento. Después desaparecería, seguramente.

El hombre abrió los ojos y parpadeó. *De acuerdo*, se dijo. *Por ahora tengo suficientes pastillas. Debo seguir adelante, dejar de pensar en el peor escenario. Faustina es parte de mi presente, y en este momento debo ir al trabajo. Tengo un empleo. Hay gente que depende de mí. Y hay alguien nuevo en mi vida, así que no sacaré conclusiones adelantadas.* Tras ese último pensamiento, el hombre arrancó el auto, se echó en reversa y condujo con cuidado hasta la salida del estacionamiento. *Debo seguir adelante*, pensó nuevamente. *No tengo alternativa.*

CAPÍTULO CINCO

Para ser martes, Barney's Beanery estaba llenísimo. Faustina había ido meses antes a la noche de karaoke que hacían los viernes y en esa ocasión había estado repleto, pero era de esperarse en pleno fin de semana. Si aquel bar era reflejo de algo, Old Town Pasadena seguía prosperando. La multitud hizo que Faustina se sintiera energizada, otra confirmación de que su decisión de mudar el despacho desde Century City a Pasadena hacía un par de años había sido acertada. Además, su casa en South Pasadena estaba a menos de tres millas, así que ya no padecía los atroces traslados matutinos al lado oeste de la ciudad.

—Un *sour apple martini* para usted —dijo el mesero mientras ponía cautelosamente un posavasos frente a Faustina antes entregarle su trago.

—Gracias —contestó Faustina; se le hacía agua la boca.

—Y un *vodka stinger* para la señorita —continuó el mesero mientras repetía el proceso.

—*Merci beaucoup* —contestó Grace—. Y gracias por notar mi juventud.

El mesero sonrió, asintió y se fue a tomar la orden a otros comensales.

—¿*Vodka stinger*? —preguntó Faustina—. ¿Estamos en un musical de Sondheim?

—Somos todo lo contrario a Elaine Stritch o Patti LuPone.

—Cierto.

—Aunque la referencia a Sondheim es bastante precisa.

Alzaron las copas para brindar, cada una aprobando la bebida de la otra.

—¿Sí?

—Sí —contestó Grace—. Siempre quise saber a qué sabía el *vodka stinger* después de ver la versión de *Company* que pusieron en Pasadena Playhouse el año pasado. Así que esta noche decidiré si vale la pena repetir.

—Uy, ¡qué audaz!

—¡Brindemos por nuevas aventuras! —exclamó Grace y acercó su copa a la de Faustina.

—¡Por nuevas aventuras!

Brindaron y le dieron un sorbo a sus tragos. Faustina sonrió y cerró los ojos para deleitarse con su bebida. Grace, en cambio, se estremeció e hizo una mueca de repulsión.

—¡Ay, Dios! —dijo Grace—. Quizá no fue tan buena idea.

—¿Tu nueva aventura no fue tan exquisita como pensabas?

—Creo que es uno de esos gustos adquiridos.

—A veces hay que esforzarse mucho para disfrutar genuinamente las cosas buenas de la vida.

—Haré lo posible —dijo Grace, dándole otro sorbo al trago. Tosió enseguida.

—Así se habla, amiga.

—Bueno, ya basta de trivialidades —intervino Grace una vez que se hubo recuperado—. Suelta la sopa azteca.

—¡No seas racista!

—*Touché* —dijo Grace antes de tomar otro sorbo y hacer otra mueca—. Pero, a diferencia de tu alusión racista al feng shui de hoy en la mañana, tú sí eres mexicana. Por eso lo de la sopa azteca, ¿ves? Bueno, suéltala ya y cuéntame sobre ese lindo auxiliar jurídico.

—Es más guapo que lindo —contestó Faustina—. Un cachorrito es lindo. Un corderito es lindo. Hasta mi traje es lindo. Este tipo es guapo.

—Alto, guapo y misterioso.

—Exactamente.

Ambas bebieron de su copa.

—Creo que empiezo a acostumbrarme, ¿eh? —anunció Grace.

—Bien hecho, amiga —dijo Faustina—. Sabía que lo lograrías. ¡No conozco a nadie tan tenaz como tú!

—Bueno, deja de evitar el tema. Estaré un treinta por ciento más feliz si me cuentas el chisme ya, por favor.

—Ok, está bien —dijo Faustina mientras se preparaba para el interrogatorio de Grace—. Pregunta lo que quieras. Quiero que seas un treinta por ciento más feliz.

—¿Qué se siente... acostarse con... ya sabes... un...?

—¿Auxiliar jurídico? Ay, no tiene nada de raro. Su cuerpo funciona igual que el de un abogado hecho y derecho.

—Ay, ya sabes a qué me refiero —insistió Grace—. Le vi las manos en el congreso de Yosemite. No fue difícil atar cabos.

—Por eso eres tan buena abogada, Grace. No se te escapa nada, ni las manos disparejas de un alto y guapo auxiliar.

Ambas se rieron y guardaron silencio mientras volvían a sus tragos. El cuchicheo de la gente se fue acrecentando y la temperatura fue aumentando.

—Siempre he querido saber qué se siente estar con uno —dijo Grace—. Ya sabes, por eso del borrón y cuenta nueva.

—¿Cómo que «borrón y cuenta nueva»?

—Sí, por aquello de que el proceso de reanimación les borra, ya sabes, la memoria. Sus historias previas. Es como un efecto secundario inevitable.

—Ah, claro —dijo Faustina y asintió—. Jorge Ramos hizo un reportaje al respecto antes de que Cadwallader ratificara la ley.

—Sí, yo también lo vi —dijo Grace—. Oye, ¿cuántos años tiene Jorge Ramos? Se sigue viendo muy bien.

—Es la ventaja de encanecer desde joven. Nadie se da cuenta cuando de verdad envejeces.

—Eso sí.

—En fin, como dijo Ramos en el reportaje, no les borra el casete por completo —dijo Faustina—. Les queda su personalidad básica y las cosas que aprendieron para poder sobrevivir en el mundo. Ah, además de la educación que recibieron.

—Pues sí, pero la gente es más que su personalidad y su educación, ¿no?

—Sí, pero por eso no pueden volver a su antigua vida. No tendrían ningún vínculo con su familia. Cuando firmaron la tarjeta de donador, accedieron a someterse al proceso completo, incluyendo el programa de reubicación. Y bueno, con un poco de cirugía plástica y algunas modificaciones a las cuerdas vocales y las huellas digitales, ya no los reconocen sus familiares ni hay forma de conectarlos con su identidad anterior. Además, sus familias reciben una notificación por escrito donde se estipula que el cuerpo no volverá a casa, junto con una bonificación para compensarles por la molestia. Y así el reanimado comienza una nueva vida, «reactivando la economía» o lo que sea que dijeron para obtener financiamiento cuando empezaron todo esto.

—Veo que estás muy bien informada —dijo Grace.

—Ay, cállate —dijo Faustina—. En fin, las precauciones son lógicas, ¿no?

—Pues sí, pero las pobres familias no pueden ni enterrar a sus muertos.

—Sí, pero entonces entierran alguna pertenencia que fue importante para el familiar que se inscribió al programa de reanimación. O hacen un funeral sin cuerpo. Pero... sí, entiendo que debe ser difícil, de cualquier forma. Y no creo que la prohibición de la reanimación cambie algo para aquellos que ya se sometieron al proceso.

Faustina se terminó el trago y le hizo una seña al mesero para que llevara dos más.

—Pero si yo no llevo ni la mitad del mío —dijo Grace fingiendo indignación.

—Eres una profesional y no tardarás en ponerte al corriente —contestó Faustina. El mesero depositó dos nuevos tragos en la mesa y se llevó la copa vacía de Faustina—. Mira, sólo he pasado un par de noches y mañanas agradables con él —dijo Faustina al inaugurar su nuevo trago—. No estoy buscando un marido. Ya pasé por ahí. Pero, tienes razón. Hay algo un poco...

—¿Un poco qué?

Faustina se quedó pensando, buscando las palabras indicadas.

—Hace un par de semanas —contestó al fin— pasé tiempo con mamá mientras se recuperaba luego de que le colocaran el marcapasos. Saúl había ido a la ferretería a la que tanto le gusta ir a curiosear porque mi presencia le dio oportunidad de dejar de preocuparse tanto por mi mamá. En fin, con Saúl fuera casa, mi mamá se sintió cómoda para rememorar a mi papá y nuestra familia.

—Saúl es un encanto —intervino Grace—. Estoy segura de que no le importaría oír esas historias. Digo, tu mamá y tu papá estuvieron casados una eternidad. Saúl no le recrimina eso. Además, Saúl también pasó mucho tiempo casado. La gente enviuda. Es parte de la vida.

—Es cierto. Saúl es un encanto y no le importaría, pero mamá prefiere... no sé, es su culpa católica —dijo Faustina.

—Si la combinas con la culpa judía de Saúl, la mezcla es explosiva.

Faustina soltó una risotada.

—En fin, supongo que mi mamá estaba sintiendo su propia mortalidad a pesar de ser una guerrera.

—Para haber criado a una chingona como tú, tenía que serlo.

—Eso que ni qué. En fin, esta última vez, mientras me contaba cómo se enamoraron sus padres y cómo fueron sus primeros años con mi papá, me di cuenta de algo que vinculaba su historia de vida con mi propia vida en Los Ángeles.

—Ah, ¿sí? —preguntó Grace mientras le seguía agarrando el gusto a su *vodka stinger*. Se acabó el primer trago y enseguida comenzó con el segundo.

—Resulta que, en un rango de tres cuadras de Spring Street en *downtown*, es donde a mi familia le han ocurrido eventos cruciales en el último siglo.

—¡Qué loco! ¿En una ciudad así de grande?

—Ya sé, ¿verdad? La primera les pasó a mis abuelos hace literalmente cien años. Se conocieron en México cuando eran adolescentes, pero migraron por separado a California porque mi abuela estaba harta de que mi abuelo fuera un ojo alegre y se negara a comprometerse.

—¡Ay, los hombres! —exclamó Grace.

—Luego, en una fiesta de Año Nuevo en el Alexandria Hotel en Spring Street, se reencontraron. Mi abuelo decidió que era hora de sentar cabeza y casarse con mi abuela —continuó Faustina.

—¿Cuál fue la segunda?

—El edificio de Title Insurance and Trust que estaba a una cuadra ahí desempeñó un papel crucial en la segunda, la historia de mis padres: mamá me explicó que, cuando se graduó de la Preparatoria St. Agnes, entró a trabajar como secretaria en ese edificio. Mi papá había sido su novio de prepa, pero se enlistó en el ejército porque no había muchos trabajos y supuso que en el ejército tendría buenas prestaciones. Después de pasar dos años apostado en San Diego, volvió y obtuvo un trabajo en una fábrica en Watts, y entonces empezaron a salir de nuevo. En esa época, mi mamá le llamaba por teléfono durante el almuerzo desde el teléfono público que estaba afuera del edificio, ahí en Spring Street. Y fue durante una de esas llamadas telefónicas que mi padre le propuso matrimonio.

—¡Qué romántico! —exclamó Grace—. Me vas a hacer llorar.

—¿Verdad? Me haré llorar yo misma.

—Uy, no me acordaba de los teléfonos públicos. En ese entonces todo era más fácil. Nada de mensajes de texto.

—Y esa hermosa y joven pareja no tenía idea en ese entonces de que su única hija estudiaría la Escuela de Leyes de UCLA y después trabajaría como abogada en el Departamento de Justicia de California en el Reagan State Building, que está a una cuadra de donde trabajó mi mamá.

—Ese fue tu primer trabajo de verdad, ¿cierto?

Faustina sonrió.

—Sí. Perdí mi virginidad litigante como abogada del gobierno en el Área de Uso y Conservación de Suelo. Pero el punto es que le dije a mi mamá lo que me sorprendía que en ese rango de tres cuadras en Spring Street se haya formado la historia de nuestra familia durante un siglo entero.

—¡Uy, eso es cierto! —contestó Grace. Ambas sonrieron y le dieron un trago a sus bebidas—. En fin, ¿qué tiene eso que ver con mi pregunta? —preguntó Grace.

—¿Cuál fue la pregunta?

—Supongo que no fue tanto una pregunta como un ruego para que ya sueltes el chisme de una buena vez.

—¡Cállate, que yo no soy chismosa!

—¡Ay, ya! —dijo Grace—. Empiezo a enojarme contigo, querida. Explícame la conexión entre tu historia familiar y el auxiliar guapo, por favor.

—Bueno, como tú misma dijiste, las personas reanimadas son como pizarras en blanco. No tienen historia... o al menos no la recuerdan. Y yo, en cambio, llevo a cuestas la historia de varias generaciones de mi familia en Los Ángeles, por no hablar de la historia del resto de mi familia en México.

—¿Y?

—Y aunque es un tipo agradable y he disfrutado pasar tiempo con él, yo tengo historia y él no —concluyó Faustina.

—¿Qué quieres decir?

Faustina tomó otro trago.

—A ver, déjame encontrar las palabras...

—Las palabras son tu especialidad.

—A ver, creo que ya las tengo —dijo Faustina—. ¿Cómo puedes tener un futuro si no tienes pasado?

—Saliste muy existencialista —dijo Grace—. A veces el pasado deja mucho daño. En lo personal, no me molestaría borrar unas cuantas cosas de mi memoria. Como quien dice, el pasado es el prólogo y esas cosas...

—Hay otro problema —dijo Faustina mientras le hacía una seña al mesero para que les trajera la cuenta.

—¿Cuál?

—La reanimación dura veinte años, como mucho, siempre y cuando tomen medicamento. Y el proceso no puede repetirse, así que no hay forma de agregarle años a su vida.

—¿Y?, veinte años son bastantes.

—Lo dices tú porque tienes poco más de treinta.

—Y me veo de diecinueve.

—Mi punto es —insistió Faustina— ¿de qué vale construir una vida con alguien y prepararte para envejecer con el amor de tu vida, si sabes que todo se acabará en veinte años?

—Mira, casi nadie dura tanto tiempo casado, para empezar —argumentó Grace—. Podrías tener un romance tórrido por quince años, y cuando descubras que te engaña con otra, lo botas y sigues con tu vida. En mi opinión, son quince años bien invertidos.

—Ay, Grace...

—Vida sólo hay una —dijo Grace mientras alzaba su vodka para brindar en solitario y terminárselo de golpe—. Creo que podría acostumbrarme a beber esto.

—¡Estoy orgullosa, amiga!

—En fin, no me contaste la parte más importante.

—¿Cuál?

—¿El resto de su cuerpo también es disparejo? —preguntó Grace con un exagerado guiño sugerente.

—¡Ay, qué cabrona! —dijo Faustina entre risas—. No te creí capaz de preguntar algo así.

—Pues sí, soy cabrona y lo hice —contestó Grace. Faustina puso los ojos en blanco y guardó silencio un momento—. ¿Y bien?

—Está bastante parejo, salvo por el brazo izquierdo —confesó Faustina, al fin—. Por lo demás, hicieron un muy buen trabajo armando ese... paquetote.

—Bueno, y con respecto a los brazos disparejos...

—¿Qué?

—¿Sentías como si fueran dos hombres distintos los que te estuvieran tocando?

Faustina soltó un resoplido.

—¡Ay, Grace, por Dios! ¿Cómo se te ocurren esas cosas? ¿Brandon sabe que tienes una mente así de pervertida?

—Supongo que será el *vodka stinger* —dijo Grace—. Les dio rienda suelta a mis demonios y deseos internos. Además, Brandon me conoce de cabo a rabo. Y lo digo de forma bastante literal. —El mesero puso la cuenta en medio de la mesa. Grace la tomó deprisa antes de que

Faustina se diera cuenta—. Yo invito —dijo mientras sacaba la tarjeta de crédito del bolso.

—¡No! —gimoteó Faustina—. Siempre nos vamos a michas. Además, soy la socia mayoritaria.

—¡Olvídalo! Ya soltaste la sopa azteca, mi querida amiga chicana. Es lo menos que puedo hacer por ti.

—Bueno, mil gracias.

—Es un placer. Pero, ya que lo mencionas, necesitamos hablar de mi porcentaje en la sociedad.

—Uy, no era mi intención abrir esa caja de Pandora.

—No pasa nada —dijo Grace—. No necesito mucho más. Mientras sea más grande que el de Leonard, seguiré siendo feliz.

—Eso amerita otra noche de copas.

—Pues hagamos una cita, amiga. No será una cita caliente con un hombre guapo hecho de múltiples hombres sensuales, pero prometo que no la pasarás mal.

—Eres incorregible —dijo Faustina—. Incorregible.

❦

Faustina no acostumbraba buscar libros de autoayuda, en especial después de beber, pero la conversación con Grace la dejó pensando. ¿Y si aquello se convertía en algo más que una relación casual? ¿Y si había desafíos para los que no estaba preparada? Incluso en circunstancias ideales, una relación requiere esfuerzo. Ella no había estado pensando en el tema de la reanimación ni era algo de lo que la emocionara hablar. Y por supuesto, había sido inevitable que Grace se enfocara en eso. Así que, después de salir del bar y despedirse de Grace con un abrazo, caminó por Colorado Boulevard hacia Vroman's Bookstore. Faltaba una hora para que cerraran, así que Faustina caminó tan rápido como se lo permitía su estado ligeramente alcoholizado. Entró a la librería y se encaminó directamente hacia la sección de autoayuda.

Pasó junto a la estantería de parafernalia literaria y artística y se detuvo frente a los productos inspirados en Frida Kahlo. Había calcetines, tazas, muñecas de trapo, cuadernos, separadores de libros, copas de vino, bolsas tejidas, vasos tequileros, mitones de cocina (uno con Frida Kahlo y otro con Diego Rivera), veladoras e incontables cosas más. Faustina negó con la cabeza. ¿Qué pensaría Frida de todo eso? Seguramente se burlaría y diría que es una verdadera mierda capitalista que hagan negocio con una artista para beneficiar económicamente a quienes ni siquiera entienden su arte. ¡Qué ridículo!

Faustina siguió adelante con la misión y finalmente llegó al pasillo donde estaba la sección de libros de autoayuda amorosa. Detestaba ese género alimentado de las inseguridades de la gente, cuando en realidad las buenas relaciones sólo requerían esfuerzo, honestidad y algo de empatía. No tenía nada de misterioso, mágico o científico el escuchar a tu pareja, tomar decisiones consideradas y comunicarte con franqueza. ¡Quizá ella debía escribir su propio libro sobre relaciones amorosas y ganar algo de dinero! Pero no habría más que una página, así que tal vez fracasaría. No habría suficientes complicaciones, ni títulos mordaces, ni índice, ni lecturas recomendadas, ni gráficas ni tablas. Faustina revisó los títulos, los cuales parecían juegos de palabras o eslóganes. Sin duda alguna, el marketing editorial era un arte. ¡Al pueblo, pan y circo! Era obvio que la mayoría de esos libros no habían sido escritos por altruismo, sino porque la gente los compraba. El amor era un negocio muy rentable, quizá el más rentable de todos, incluso más que el complejo industrial-militar. Menos letal, pero más irritante.

Finalmente llegó a una sección marcada por una etiqueta escrita a mano que decía PARA LOS AMANTES DE LOS REANIMADOS. ¡Qué injusto! ¿Por qué no había libros para reanimados que tuvieran una etiqueta que dijera PARA AMANTES DE LOS NO REANIMADOS? Cuánta discriminación implícita. Pero ya que estaba ahí, Faustina examinó los títulos. Algunos la hicieron reír. Después de un rato encontró uno que sonaba interesante y tenía un título sutil. *Cómo hacer que funcione: el amor en tiempos de reanimación*, de la doctora Elizabeth Lavenza. Faustina sacó el libro, lo volteó para leer la contraportada y quedó impresionada con el perfil de la autora, quien era egresada de Stanford y Yale, y había publicado cinco exitosos libros de autoayuda. Su foto era impresionante. La doctora Lavenza era una mujer muy atractiva de cuarenta y tantos años cuya expresión reflejaba profesionalismo, pero también una profunda empatía hacia su público. Faustina abrió entonces el libro y revisó el índice con un largo suspiro. Cuánto esfuerzo. Pero bueno, lo imaginó desde que leyó el título, ¿no? Lo cerró de golpe y lo devolvió a su lugar.

Usaré mi inteligencia e instinto, pensó. *¿Quién necesita ayuda de la doctora Stanford Yale?* Con eso, Faustina se dio media vuelta y se encaminó hacia la sección de ficción para comprar la nueva novela de Urrea. Quizá después compraría un café de olla y un pan dulce en Tepito, la nueva cafetería de la librería. Ya casi se disipaba el efecto de los martinis. No cabía duda de que los libros de autoayuda le arruinan el ánimo a cualquiera.

CAPÍTULO SEIS

El hombre cerró la puerta de su departamento y se adentró en el frío vespertino. Estiró las piernas y dibujó con los brazos tres círculos en el sentido de las manecillas del reloj. Inhaló profundamente, se puso la sudadera y emprendió su habitual carrera nocturna, satisfecho de regresar a su rutina habitual después de la interrupción más reciente. Correr en la mañana estaba bien, pero había algo particularmente liberador de hacer ejercicio al final del día. Giró a la izquierda en Hurlbut Street, hacia Pasadena Avenue, y luego giró de nuevo a la izquierda. Estiró las piernas dando largas zancadas mientras sus músculos entraban en calor. Quería sentir la paz que solía encontrar al correr, pero algo no andaba bien: tenía la sensación de que algo en su vida estaba a punto de cambiar. Agitó la cabeza para sacudirse el presentimiento, pero no lo logró. Se acercó a un cuervo que picoteaba con furia un envoltorio que guardaba las exquisitas sobras de una hamburguesa de Burger King. El cuervo se detuvo y alzó la mirada hacia el hombre que se acercaba a él: a pesar de que se le acercaba deprisa, el cuervo no se inmutó. Finalmente, cuando el hombre estuvo a menos de seis pies de él, el cuervo profirió un fuerte gorjeo, extendió las alas, salió volando y se posó en una barda cercana. El hombre dejó atrás el envoltorio de Burger King y volteó a ver al cuervo. El ave extendió las alas y regresó a su festín. Mientras el hombre volteaba de nuevo hacia la acera que tenía enfrente, el cuervo volvió a picotear su banquete con ferocidad.

COMERCIAL TELEVISIVO

EN PANTALLA: Video borroso en blanco y negro de la calle de una ciudad repleta de gente. Música ominosa.

VOZ: Sin duda los has visto: están en los salones de clase de tus hijos, en tu iglesia, en las fábricas y en las oficinas. Esta oleada masiva de personas falsas está reduciendo nuestros salarios, fomentando la inflación, destruyendo las escuelas, arruinando los hospitales y amenazando a nuestras familias.

CORTE A: Un hombre empujando a otro. Una multitud los rodea. Algunos gritan: «¡Es un zurcido!» y «¡Zurcidos a la tumba!».

VOZ: Están perdiendo el control y agrediendo a la gente en las calles. ¿Qué sigue? ¿Se están convirtiendo en narcotraficantes, tratantes de personas y depredadores violentos, mezclándose libremente con el resto de la multitud, con tus colegas de trabajo, con tus hijos? Tú lo sabes. Nosotros lo sabemos. Todo el mundo lo sabe. Traen drogas, delitos, violaciones. Algunos incluso se han postulado al Congreso.

BANDA SONORA: La música ominosa da lugar a música patriótica.

CORTE A: La presidenta Cadwallader, rodeada de integrantes del gabinete durante una ceremonia legislativa.

VOZ: Pero sólo un partido ha tenido las agallas para decir: «¡Basta!» Al ratificar la ley antizurcidos, nuestra presidenta ha dado un paso crucial para protegerte a ti y a tu familia. Sin embargo, sin el apoyo adecuado en el Congreso, sus esfuerzos serán en vano. Tu voto es más importante que nunca. Estas elecciones de media legislatura son, literalmente, cuestión de vida o muerte.

CORTE A: Bandera estadounidense ondeando en el viento.

VOZ: ¡Estados Unidos para los estadounidenses de verdad! *Make America safe again!*

CORTE A: *Close-up* de la presidenta Cadwallader, quien sonríe y alza ambos pulgares.

VOZ: Pagado por el Comité Ciudadanos de Verdad, que lucha para recobrar la sensatez en Estados Unidos, resaltar la importancia de la lógica y la razón, derrotar las ideologías «progres» y anticríticas que han permeado todos los sectores de nuestro país y que amenazan a la libertad que sustenta el sueño americano.

BANDA SONORA: La música patriótica va *in crescendo*.

FUNDE A NEGRO

CAPÍTULO SIETE

—Bien hecho —dijo Norman mientras le entregaba el reporte al hombre—. Hice notas en rojo porque soy muy anticuado y me gusta la tinta roja. Pero, en términos generales, le diste al clavo a los argumentos. —El otro hojeó el reporte y asintió—. No me gusta hacer cambios en documentos electrónicos —continuó Norman—. No hay nada como la tinta roja en el papel de verdad, ¿cierto?

—Eso he oído —dijo el hombre mientras seguía hojeando el reporte.

—Cuando reviso un documento, suelo dejarlo todo ensangrentado, pero el tuyo estaba bastante bien hecho; no necesitaba tantos ajustes —continuó Norman—. Digo, es una solicitud sencilla, pero, tomando en cuenta que nunca habías escrito algo así y que sólo eres auxiliar jurídico y no abogado (sin ofender), sin duda está muy bien hecho. Lo hiciste mejor que algunos de nuestros abogados más jóvenes, de hecho. —Su interlocutor alzó la mirada y asintió—. Eres lo que llaman «valor agregado».

—Gracias —contestó el hombre.

Norman se reclinó en su asiento.

—Por lo regular no es difícil que aprueben las mociones de intervención, pero siempre conviene hacer nuestro mejor esfuerzo, ¿cierto?

—Sí, el mejor esfuerzo.

—En fin, haz esos cambios hoy. Y luego envíamelo por correo para que le eche un último vistazo antes de enviárselo a mi secretaria para que lo archive y entregue mañana en la mañana. Me gusta hacer esas cosas temprano, y, además, la abogada defensora se va a cagar encima cuando lo reciba. Lo último que quieren sus clientes es tener que enfrentar a otro litigante.

—Lo haré —dijo el hombre mientras se dirigía a la puerta de la oficina de Norman.

—Ah, cierra la puerta al salir, ¿quieres? —dijo Norman. El hombre asintió y cerró la puerta tras de sí. Norman profirió un resoplido y meneó la cabeza mientras volvía a enfocarse en la pantalla de la computadora para revisar sus correos—. Pinche zurcido —dijo—. Pinche zurcido de mierda.

El hombre volvió a su cubículo y abrió el archivo correspondiente en su computadora. Puso la versión revisada a la derecha del teclado y buscó la primera página que tuviera tinta roja. Examinó la tinta, contó la cantidad de revisiones en cada página y luego volteó hacia la pantalla para teclear los cambios. Corrigió el documento página por página, leyendo cada uno de los cambios marcados en rojo en el papel e incorporándolos meticulosamente al documento electrónico. Cuando terminó de editar, envió el documento a Norman. Luego vio su reloj y se dio cuenta de que eran las 12:15.

Se asomó debajo del escritorio y tomó una lonchera negra, la abrió y sacó sus contenidos uno por uno: un sándwich de atún con pan integral, una botella de agua, una manzana y una barra de granola. Los fue poniendo en el escritorio, ordenados por tamaño y silueta. Luego sacó una servilleta de papel de la lonchera, la desdobló y se la puso sobre el regazo. Después de darle una mordida al sándwich, a la manzana y a la barra de granola —en ese orden—, tomó un sorbo de agua. Después volteó a ver la pantalla, abrió el navegador y buscó en Google: «buenos lugares para una tener una cita en Pasadena».

Al presionar el botón de «Enter», vio el interminable despliegue de resultados. Eran 42,600,000. Se rascó la barba y contempló el siguiente paso. Había demasiadas opciones.

—¿Estás planeando una cita romántica?

El hombre giró en su silla para descubrir quién había entrado a su cubículo y le había hecho esa pregunta. Tina estaba apoyada en la pared del cubículo, con los brazos cruzados y las gafas de lectura puestas como diadema en la cabeza. El hombre asintió.

—Quiero planear una cita en Pasadena porque ahí vive ella, e incluso tiene allí su oficina, así que creo que sería lo más conveniente, por si acaso tiene que volver a su oficina después de la cita —explicó el hombre. Luego se volteó de nuevo hacia la pantalla y empezó a revisar los resultados. Tina suspiró, entró al cubículo y se sentó en la orilla del escritorio.

—¿Vas a leer tooooodos esos resultados? —preguntó.

—No —contestó el hombre—. Debo editar la búsqueda.

—No, no, no —dijo Tina—. Lo que necesitas es escuchar a una experta como yo.

El hombre volteó a verla.

—¿Eres experta en tener citas en Pasadena?

—Ay, amiguito, soy especialista en todo lo que tiene que ver con romance.

—¿Puedo tomar notas?

Tina se rio.

—Sí, pero todas mis sugerencias están protegidas por derechos de autor, así que no te las robes para tu blog.

—No tengo un blog —contestó el hombre.

Tina soltó una risotada.

—Es broma.

—Ah, ok.

—Bueno, antes de transmitirte mi brillante conocimiento sobre las artes amatorias, ¿qué quieres obtener con esta cita?

—No entiendo a qué te refieres.

Tina se le acercó y le susurró al oído.

—¿Ya se... eh... acostaron?

El hombre se le acercó y le susurró también.

—Sí. Cinco veces en el transcurso de dos citas.

—Uy, ya veo que son fogosos —dijo Tina entre risas. El hombre sonrió. Le gustaba el sonido de la palabra *fogoso*—. Bueno, dado que ya hiciste aquello cinco veces con esta mujer misteriosa cuyo nombre es evidente que no quieres compartirme porque no lo has mencionado aún, ¿qué te parecería una cita más intelectual que contribuya a reforzar lo carnal? —El hombre llevó el bolígrafo al papel y volteó a ver a Tina como para darle a entender que estaba listo para tomar notas. Ella aplaudió de satisfacción—. Bien, ¿qué te parece una cita durante el día? Podría ser un día del fin de semana para disfrutar el bello clima y conocer la extraordinaria mente de tu acompañante.

—Sí —dijo el hombre y escribió CITA DIURNA EN PASADENA en la parte superior de la primera página de la libreta. Luego separó el bolígrafo y volteó a ver a Tina, listo para anotar sus sabias palabras.

—Veamos entonces. Pasadena... Pasadena... —dijo Tina—. ¡Ah, ya sé! Me encanta el Museo Norton Simon. Las exposiciones son increíbles y tiene unos jardines hermosos con un estanque, una cafetería deliciosa, una tienda de regalos donde se te puede ir el salario entero y unos extraordinarios Rodin en el jardín, justo antes de la entrada principal.

—¿Rodin?

—Sí, esculturas de Auguste Rodin. Hay como siete u ocho de sus esculturas en el jardín delantero. *El caminante, Los burgueses de Calais, San Juan Bautista, El pensador* y mi favorita de todas: *El monumento a Balzac*. Hay otras dos por ahí, creo. Mira, te las mostraré en la computadora.

Tina le dio un empujoncito para que el hombre le cediera su silla, se sentó y buscó deprisa la página web del museo. Después de unos cuantos clics, ubicó las esculturas de Rodin y le devolvió el lugar para permitirle observar las imágenes. El hombre abrió metódicamente cada imagen y examinó la escultura que sobresalía en la pantalla. Su respiración se fue ralentizando. Luego, sonrió. Primero abrió *Los burgueses de Calais*, luego *San Juan Bautista* y después *El pensador* y *El monumento a Balzac*. Tina se deleitó viendo cómo cambiaba su expresión con cada imagen. Se le iluminó el rostro, abrió los ojos como platos y sonrió de oreja a oreja. Con cada imagen que pasaba profería un *¡Ah!* de asombro. Finalmente, vio *El caminante*. Se reclinó en su silla y se estremeció. Tina se acercó para ver mejor la fotografía.

—Es una cosa de otro mundo —dijo Tina—. Es una escultura poderosísima, aunque no tenga cabeza. O quizá es porque le falta la cabeza. Quizá cambiaré al viejo Balzac por este increíble caminante.

El hombre no le quitó la mirada de encima a la escultura. No podía reconocer lo que sentía en ese momento. Sólo sabía que se le había ensanchado el pecho y los ojos se le llenaron de lágrimas.

—Ah —dijo al fin.

Tina aplaudió.

—¡Así es! Así es como empezará tu cita, en la entrada del museo, donde ambos pueden deleitarse con la hermosura arrebatadora de las esculturas de Rodin, y luego entrarán al museo para disfrutar bellas obras de arte, antigüedades y otras esculturas. Luego, después de un agradable almuerzo tardío en la cafetería cercana a los jardines traseros, la feliz pareja puede ir a ver cosas lindas a la tienda del museo. Así tendrán varias oportunidades para conocerse mejor, ¿no crees? Así es como mi esposa se dio cuenta de que yo era la indicada.

—Sí —dijo él mientras seguía mirando la escultura del *Caminante*—. Parece buena idea.

—¿Buena? ¡¿Buena?! ¡Es brillante, como dicen los británicos!

—Sí, es brillante.

—Y luego, si tienen tiempo después, y para seguir en la línea intelectual, pueden ir a la librería Vroman's, donde venden muchas cosas lindas con temática literaria —dijo Tina—. Además, ahí tienen un bar de vinos increíble. Su cafetería tiene un café delicioso y unos postres riquísimos. Me encantan los *scones*, pero también tienen un pan dulce exquisito. Si prefieren evitar el alcohol, es una buena opción.

—Esa es una gran idea.

—Lo sé —dijo Tina—. Soy brillantísima para esto del amor. Si no estuviera felizmente casada, me la pasaría teniendo incontables citas planeadas a la perfección. Y si tienes una segunda o tercera cita con esta persona especial, hay muchas otras librerías increíbles tanto en Pasadena como en otras ciudades: Octavia's Bookshelf, la librería de Tía Chucha, Skylight Books, The Last Bookstore, Eso Won Books, Book Soup, Diesel, Libros Shmibros, LibroMobile, Other Books, MiJa Books, etcétera, etcétera. ¡Me encantan las citas románticas que incluyen librerías!

—Gracias —contestó el hombre mientras seguía tomando notas—. No se me olvidará.

—Es un placer —dijo Tina—. La gente como nosotros debe hacer equipo.

El hombre volteó a verla.

—¿Te refieres a los auxiliares?

—Sí, también a eso —contestó Tina con una risotada—. También a eso.

El hombre sintió una oleada de complicidad al ver que Tina le guiñaba el ojo, se daba media vuelta y se alejaba. Jamás se hubiera imaginado que Tina también fuera reanimada. Parecía estar construida a la perfección de pies a cabeza, como si hubiera nacido así. Sintió remordimiento. ¿Por qué su doctor no pudo haber buscado una mejor alternativa para su brazo izquierdo? Hubiese sido mucho más fácil ir por la vida como cualquier otra persona. Normal. Tan normal como cualquiera. El hombre suspiró y su mente volvió a contemplar las recomendaciones de Tina. El hombre sonrió mientras su remordimiento desaparecía, y volvió a observar *El caminante*. Era hora de planear aquella cita.

CAPÍTULO OCHO

Faustina y el hombre estaban de pie frente a la escultura. En la orilla del césped que rodeaba la base de concreto, un pequeño gorrión café brincoteaba alegremente. Los rayos del sol atravesaban las ramas y hojas de eucalipto y teñían con su encantadora luz el bronce de la escultura.

—Haces que nos enorgullezcamos de nuestras piernas, viejo —dijo Faustina.

—¿Qué? —dijo el hombre, sin dejar de mirar la escultura.

—Son versos de un poema de Carl Sandburg sobre esta escultura.

—¿Alguien escribió un poema sobre esta escultura? Eso no lo sabía.

—Sí, bueno, haber estudiado Historia del Arte a veces me sirve de algo, aunque sólo sea para entretener —dijo Faustina entre risas—. Luego tuve que estudiar Derecho para pagar la renta. —Siguieron admirando la escultura—. En francés se llama *L'homme qui marche* —continuó Faustina.

—Suena mejor que *El caminante* —contestó el hombre.

—Todo suena mejor en francés.

—Eso tampoco lo sabía.

—Apuesto a que tampoco sabías que *El caminante* es una versión del *San Juan Bautista* que está allá, pero sin brazos y sin cabeza —comentó Faustina mientras señalaba la otra escultura.

El hombre observó entonces la escultura de *San Juan Bautista* y luego otra vez *El caminante*, para luego mirar de nuevo la primera. El gorrioncito café picoteó tres veces el pasto antes de salir volando.

—¿Por qué le quitaría la cabeza y los brazos a San Juan para hacer *El caminante*? —preguntó el hombre después de unos instantes.

—Bueno, hay quienes creen que *El caminante* era un estudio preliminar para *San Juan Bautista*. Otras personas creen que *El caminante* estaba pensado para ser una unidad completa por sí misma. —El hombre asintió, pensando—. Y Rodin construyó la escultura a partir de un torso fragmentado al que le ató las piernas que había hecho para una escultura diferente. Le quedan bien, ¿no?

—¿A pesar de faltarle los brazos y la cabeza?

—Míralo —dijo Faustina—. ¿Lo cambiarías si pudieras?

El hombre observó con detenimiento la escultura mientras reflexionaba al respecto.

—Creo que es perfecta tal como es —contestó al fin después de casi un minuto.

—Bueno, pues ya contestaste tu propia pregunta.

—Es cierto.

Luego de eso se quedaron en silencio, observando las esculturas de Rodin.

—Con frecuencia me pregunto si mi vida hubiera sido distinta de haber seguido estudiando Historia del Arte —comentó Faustina—. Es decir, si hubiera hecho posgrados especializados. Tal vez sería profesora o curadora de un museo como este. No me malinterpretes: me encanta ser abogada, trabajar en casos ambientales, combatir el calentamiento global, la contaminación plástica y esas cosas. Me gusta luchar por las cosas buenas. Es mi misión divina, como diría mamá. Además, pagan bien. Pero a veces pienso en la otra vida que nunca tuve. ¿Hubiera sido más feliz? ¿Hubiera sido fundamentalmente distinta? ¿Nunca te lo preguntas?

—No, nunca lo había pensado.

—Lo que sí sé —continuó Faustina— es que me fascina este museo. Cada vez que vengo siento que el arte me llena de vida.

El hombre volteó a verla.

—No sabía que ya conocías este lugar. Cuando lo sugerí, pensé que era algo nuevo para ti.

—Ay, no me molesta volver. Nunca me canso de ver arte así de hermoso. Además...

—¿Además qué?

—Además —repitió Faustina—, nunca había venido contigo, así que eso lo convierte en una nueva experiencia, ¿no crees?

El hombre reflexionó.

—Así es —contestó al fin—. Creo que tienes razón.

—¿Tú habías venido? —preguntó Faustina.

—No —respondió el hombre—. No que yo sepa.

—Entonces, en cierto modo también lo veo a través de tus ojos. Casi como una experiencia nueva para mí. —En ese instante, el celular de Faustina emitió un pitido, y Faustina miró el mensaje en la pantalla—. ¡Ay, mierda! —exclamó.

—¿Qué pasó?

—Es Saúl, mi padrastro —dijo Faustina mientras respondía—. Mamá está en el hospital. Tengo que ir para allá. Está en el Huntington, en la calle California, así que no está muy lejos. Como a cinco minutos. —Dio unos pasos hacia el estacionamiento.

—Podría acompañarte —dijo el hombre.

—Ok, está bien. ¿Podrías manejar? —le preguntó Faustina—. Eso me ayudaría mucho.

—Sí, puedo manejar.

—Luego volvemos por mi auto.

—Ok —contestó el hombre—. Me estacioné por allá.

⁂

—Ahorita está dormida —dijo Saúl mientras Faustina y el hombre se acercaban deprisa por el pasillo. Saúl extendió los brazos para darle un fuerte abrazo a su hijastra. Momentos después se separaron, y entonces Faustina le presentó al hombre como su amigo—. Es un placer conocer a cualquier amigo de Faustina —dijo Saúl.

—Vamos a la sala de espera para conversar en paz —dijo Faustina—. Nada más avisa en la recepción para que sepan dónde encontrarnos cuando haya más noticias. —Saúl obedeció y luego los tres se dirigieron a la sala de espera al final del pasillo. Entraron a la pequeña estancia de color terroso y Faustina guio a Saúl hasta una fila de sillas donde se sentaron todos—. ¿Qué se sabe hasta ahora? —preguntó Faustina.

—Siguen haciéndole estudios. Desde que le pusieron el marcapasos había estado mejor. Pero esta mañana estaba un poco disminuida, y luego empecé a preocuparme por las cosas que estaba diciendo. —Saúl se pasó la mano izquierda por las canas despeinadas.

Faustina inhaló profundamente.

—¿A qué te refieres con las cosas que estaba diciendo?

—Bueno, es que respondía a mis preguntas en español —dijo Saúl—. Ya sabe que mi español no es muy bueno. Nunca lo he sido para los idiomas.

—¡Ay, Dios!

—Sí, entonces quizá fue un derrame cerebral. No lo saben aún.

—¿Arrastraba las palabras?

—Un poco, pero no demasiado. Me parece que decía cosas congruentes, pero no estoy muy seguro. Le pregunté qué día era y cómo me llamaba, que son el tipo de cosas que se supone que hay que preguntarle a alguien para saber si tuvo un derrame. Los boletines de la AARP traen cosas interesantes, sobre todo en temas de salud. En fin, estaba lúcida y respondía bien a mis preguntas. El doctor dijo que tal vez sólo estaba deshidratada o cansada. O quizá sea sólo la vejez.

—¿Has comido algo? —preguntó Faustina.

—Un poco de avena y media taza de café, pero me preocupé tanto por tu madre que decidí traerla al hospital y dejar el desayuno para después.

Faustina se volteó hacia el hombre.

—¿Te molestaría ir a la cafetería por un café y un panqué o algo para Saúl? No quiero alejarme mucho por si acaso viene el doctor.

—Sin problema —contestó el hombre, y luego hizo una pausa—. ¿Tú no quieres algo?

Faustina sonrió.

—Un café estaría bien.

—Con media crema, ¿verdad? —dijo el hombre.

—Sí, con media crema —contestó Faustina.

—El mío que sea negro, por favor —intervino Saúl con una sonrisa cansina—. Muchas gracias.

—No hay de qué —contestó el hombre antes de levantarse y salir de la sala de espera.

—Bueno, ¿y tú cómo estás? —preguntó Saúl—. ¿Con novio nuevo? Veo que ya sabe cómo te gusta el café.

—Saúl, tengo casi cuarenta años.

—Bueno, ¿nueva pareja? ¿Nuevo compañero de vida? ¿Nueva nalguita? —preguntó Saúl. Faustina soltó una risotada, seguida de un resoplido—. Gestos dignos de una dama —agregó Saúl entre risas.

—Es un chico con el que he estado pasando algo de tiempo últimamente. Eso es todo.

—Se ve agradable.

—Lo es.

—¿Ya le contaste a tu madre?

—No. No estaba lista para hacerlo. Es algo demasiado nuevo. Quizá ni siquiera dure.

Saúl le pasó un brazo por encima de los hombros.

—Cualquier muchacho tendría suerte de ganarse tu corazón.

Faustina apoyó la cabeza en el hombro de Saúl.

—Por eso mi mamá se enamoró de ti después de la muerte de mi papá. Eres un encanto.

Guardaron silencio un rato, perdiéndose en sus cavilaciones. Sólo se escuchaba su respiración.

—Por cierto —dijo Saúl—, me di cuenta.

—¿De qué? —preguntó Faustina mientras se liberaba del abrazo de Saúl.

—De sus manos.

—¿Y?

—No, nada —contestó Saúl—. Olvida que lo mencioné.

—¿Crees que sea un problema?

—No, en absoluto. Sólo me llamó la atención.

Faustina se removió en su asiento.

—No es algo del otro mundo.

—Mira —dijo Saúl mientras le daba una palmadita en el brazo—, en efecto, no es nada del otro mundo. Lo más importante es que seas feliz. Hay demasiado odio en el mundo. Pero es importante que estés consciente de los riesgos.

—Lo estoy.

—Así que no le hagas caso a la inquietud de un anciano. Estarás bien. Siempre lo estás.

—No es algo grave. O sea, esto es demasiado nuevo como para saber si va en serio, así que no es nada grave, ¿de acuerdo?

—Perdóname, querida. No quería molestarte. No me meteré en lo que no me incumbe. Mejor vamos a enfocarnos en tu mamá, ¿de acuerdo?

Faustina se reclinó en su asiento y se cruzó de brazos. Miró fijamente el papel tapiz de la pared de enfrente. Le irritaba su diseño tan insulso y pueril: hojas pardas y marchitas que caían suavemente de un árbol oculto. ¿A quién se le había ocurrido aquella bazofia visual? Seguramente el artista había estudiado en una de las mejores instituciones del país y había terminado trabajando para la industria del papel tapiz comercial. En ese momento entró a la sala de espera una persona con pijama quirúrgica azul e interrumpió las cavilaciones de Faustina.

—¿Señor Saperstein?

—Sí —contestó Saúl y se puso de pie.

—Soy la doctora Yi —dijo la mujer mientras hacía una sutil reverencia con la cabeza—. Su esposa está despierta y se encuentra mucho mejor. El doctor Ralston, que fue quien recibió a su esposa cuando llegaron, me pasó el reporte antes de que iniciara mi turno.

Faustina se puso en pie.

—¿Tuvo un derrame?

—¿Eres su hija?

—Sí.

—Se parecen mucho —dijo la doctora, sonriendo—. No, no fue un derrame. Estaba deshidratada. Le estamos pasando solución salina para rehidratarla y le ajustaremos los diuréticos. Es habitual en gente de su edad, además de que se sometió hace poco al procedimiento del marcapasos. Recomiendo que se quede aquí esta noche hasta que esté estable y hayamos descartado otros posibles problemas.

—Suena lógico —dijo Faustina.

—¿Podemos entrar a verla? —preguntó Saúl.

—En unos quince minutos —contestó la doctora—. La enfermera está terminando de atenderla.

—Ok —dijo Saúl—. Muy bien. Gracias, doctora.

—Es un placer. —La doctora hizo nuevamente una sutil reverencia con la cabeza y se fue.

Saúl y Faustina suspiraron al unísono y volvieron a tomar asiento. Entonces llegó el hombre a la sala de espera con dos tazas desechables de café. Sobre la tapa de una de las tazas de café se balanceaba un panquecito de moras envuelto en celofán.

—Bueno, pues es hora de que comas algo —le dijo Faustina a Saúl—. Tienes que estar fuerte para cuidar a mamá.

—Sí, jefa —contestó Saúl—. Esa es mi única razón para vivir.

—Estoy bien, mija —dijo Verónica—. Relájate ya.

—Ay, mamá —dijo Faustina y se inclinó hacia su madre—, es que empezaste a hablarle a Saúl en español y ya sabes que no habla nada. Enseguida se dio cuenta de que algo no andaba bien.

—Quizá quería enseñarle otro idioma.

Saúl se rio y le guiñó un ojo a Verónica.

—Lo siento —le dijo Verónica al hombre—. No era así como planeaba conocer al nuevo novio de mi hija.

—No es mi nuevo novio —intervino Faustina.

El hombre volteó a ver a Faustina y luego miró de nuevo a Verónica.

—Déjalo que hable —dijo Verónica—. ¿Qué eres, entonces? ¿Un nuevo novio o sólo un amigo?

El hombre miró a Verónica. Faustina era una versión más joven de esa mujer cuya edad y condición médica no mermaban su belleza.

—Objeción —exclamó Faustina. Se volteó hacia el hombre y fingió susurrarle al oído—. Tu abogada sugiere que no contestes esa pregunta.

—Soy un hombre —contestó el hombre.

Verónica soltó una risita.

—Sí, veo que eres un hombre.

—Sí, sólo soy un hombre.

Faustina volteó a verlo.

—¿Hablas español?

—Sí —dijo él—. Un poco.

—No lo sabía.

—No preguntaste —dijo el hombre en tono suave.

Verónica sonrió y asintió.

—¿Dónde naciste?

El hombre se quedó pensando. Suponía que había nacido en tres lugares distintos, a juzgar por el mapa que era su cuerpo. No obstante, no sabía exactamente dónde porque no le habían compartido esa información. Lo que sí sabía era que su reanimación había ocurrido en unas instalaciones ubicadas al norte de Los Ángeles, en Oxnard.

—En Oxnard —contestó el hombre.

—Ellos cultivan fresas en Oxnard —señaló Verónica.

—Sí —dijo Faustina, mirando al hombre fijamente—. Ahí se cultivan las mejores fresas. —El hombre asintió. Un recuerdo empezó a acechar en las sombras de su mente, pero luego se escabulló de golpe—. ¡Ay, carajo! —exclamó Faustina cuando su celular timbró con una alerta del calendario—. Se me olvidó por completo que Leonard y su esposo son los anfitriones de la fiesta anual del despacho esta noche... Da igual, me quedaré para estar al pendiente de ti, mamá.

—No, mija —dijo Verónica—. Tu nuevo novio y tú deberían ir. Yo estoy bien. No te preocupes. Saúl está aquí. Y las doctoras y las enfermeras son muy agradables.

—Tenemos todo bajo control —comentó Saúl—. Además, ya teníamos planeado correrte como a las ocho de la noche, que supongo que es la hora en que empezará la fiesta. Así que deberían ir. Tu mamá se quedará en observación toda la noche y sólo hay lugar para un familiar en el sofá reclinable.

—No sabía lo de la fiesta —dijo el hombre.

Faustina se sonrojó.

—No es nada del otro mundo. No quería incordiarte con eso porque... porque ya teníamos el plan del museo. Supuse que te hartarías de verme tanto tiempo.

—Pero... —intentó contestar el hombre.

—Lo hablamos luego.

—Pero me gustaría conocer a tus amigos.

Faustina se sobresaltó y volteó a verlo. Verónica sonrió. Saúl intentó contener una risotada, pero fracasó rotundamente.

—Tu nuevo novio y tú deberían ir a la fiesta —dijo Verónica—. Eso me haría muy feliz.

—Ay, bueno —dijo Faustina—. Primero debemos ir por mi coche al museo, y luego quiero bañarme y ponerme algo más apropiado.

—Claro —dijo el hombre—. Tiene sentido. Yo quisiera ir a correr, así que también necesitaré bañarme.

Saúl aplaudió.

—Muy buen plan. Y, por favor, no se preocupen. Tu mamá es más fuerte que todos nosotros juntos. Ustedes diviértanse, y llámame en la mañana para que te dé noticias, Faustina. Ambos traemos el celular por cualquier cosa. Diviértanse, ¿de acuerdo?

—De acuerdo —contestó Faustina y fue a darle un beso a su madre.

Guardaron silencio mientras el hombre conducía de regreso al estacionamiento del museo. Con cautela se estacionó en un lugar que acababa de desocuparse cerca del coche de Faustina. Metió el coche y puso la palanca en neutral, pero no apagó el motor. Miró a la izquierda y vio que desde ahí se alcanzaba a ver el torso del *Caminante*, aunque el resto del cuerpo estaba oculto por un Mercedes negro. El hombre recordó lo que Faustina le había contado sobre esa escultura. Era perfecta, a pesar de no tener cabeza ni brazos. Definitivamente, no le cambiaría nada.

—Mira, no es indispensable que vayas a la fiesta del despacho —dijo Faustina—. No te sientas obligado nada más porque mi mamá tuvo a bien invitarte.

El hombre volteó a verla.

—Quiero ir —dijo y reflexionó un instante, tras lo cual agregó—. ¿Tú quieres que vaya?

—Esa es la pregunta del millón —dijo Faustina entre risas.

El hombre se volteó de nuevo hacia *El caminante*. El Mercedes negro empezó a echarse en reversa, de modo que poco a poco se fue descubriendo la parte inferior de la escultura.

—No entiendo —dijo el hombre—. ¿Cuál es la pregunta del millón?

—¿Qué somos?

—¿A qué te refieres?

Volvieron a guardar silencio. Para entonces, el hombre podía ver la escultura en su totalidad y no podía quitarle la mirada de encima.

—Ya sabes —titubeó Faustina—. Si conoces a mis amigos se crearán ciertas expectativas, ¿no?

—¿Como cuáles?

Faustina suspiró.

—Como que creerán que somos pareja o algo así.

—Ya conocí a tu madre y a tu padrastro —dijo el hombre mientras dejaba de ver la escultura y clavaba la mirada en el tablero del auto.

—Buen punto —contestó Faustina entre risas—. Al carajo, entonces. Vamos a divertirnos. ¡Por algo soy la socia mayoritaria! Todo saldrá bien.

—Sí, todo saldrá bien.

—Y si mis colegas abogados quieren asumir hechos y no basarse en la evidencia, el problema es suyo y no mío. —Faustina abrió la puerta del coche e hizo una pausa—. Como ya dije, iré a tomar una siesta, a bañarme y a cambiarme. Puedo pasarme por tu casa como a las 7:00.

—Estaré listo. Me da tiempo de ir a correr y bañarme.

—Ah, y no comas mucho. Leonard hace unos banquetes tremendos. Tengo una botella de Pinot Grigio en el refri que puedo llevar a la cena. Y tú no necesitas llevar nada porque eres mi invitado.

—Te veré a las 7:00 entonces —dijo el hombre y volteó a ver la escultura una última vez antes de mirar de nuevo a Faustina—. Y no comeré demasiado.

—Eso dijo un glotón antes de morir —dijo Faustina en tono bromista y se bajó del auto—. Nos vemos en unas horas, ¿ok?

—Sí. En tres horas y veintidós minutos —dijo el hombre mientras veía el reloj en el tablero.

Faustina se rio.

—Veo que eres muy preciso, querido.

—Sí —contestó el hombre—. Lo soy.

CAPÍTULO NUEVE

El hombre cerró la puerta de su departamento y se adentró en la fresca y soleada tarde. Estiró las piernas y dibujó con los brazos tres círculos en el sentido de las manecillas del reloj. Inhaló profundamente, se puso la sudadera y emprendió su habitual carrera: giró a la izquierda en Hurlbut Street hacia Pasadena Avenue, y luego giró de nuevo a la izquierda. Estiró las piernas dando largas zancadas mientras sus músculos entraban en calor. Se enfocó en su respiración, pero las diferencias entre sus brazos empezaron a sacarlo de concentración. El brazo izquierdo se sentía desconectado del resto de su cuerpo. Se detuvo y alzó las manos frente a sí. Sacudió la cabeza, suspiró y profirió un gemido casi imperceptible.

ABC WORLD NEWS TONIGHT
Entrevista con Eloise Miller, Secretaria de Salud y Servicios Humanos

DAVID MUIR: Gracias por acompañarnos esta noche, secretaria Miller.

ELOISE MILLER: Es un placer.

DAVID MUIR: El mes pasado, la presidenta Cadwallader ratificó la ley antirreanimación como emblema de su plan interno previo a las elecciones de media legislatura y la celebró como una gran victoria para el pueblo estadounidense y la decencia humana, además de declarar que perdieron los intereses de particulares.

ELOISE MILLER: Sí, la presidenta tiene toda la razón...

DAVID MUIR: Pero somos el único país que ha prohibido la reanimación. Hay reportes de que China, India, Rusia y otros países han reforzado sus programas de reanimación para cubrir la demanda de las maquilas e incluso los ejércitos. ¿Cómo puede esta nueva ley representar una victoria para el pueblo estadounidense si nos va a rezagar con respecto a otros países?

ELOISE MILLER: Hay que verlo desde otro punto de vista. Como dijo la presidenta, es una cuestión de decencia humana y de combatir los intereses de particulares...

DAVID MUIR: ¿Pero no será más bien que la presidenta cedió ante los intereses de particulares que estuvieron en contra de la reanimación desde un principio?

ELOISE MILLER: A ver, no. Hay de intereses a intereses. No son todos iguales.

DAVID MUIR: ¿Qué significa eso?

ELOISE MILLER: Significa que la presidenta escuchó todas las inquietudes válidas en torno a los zurcidos...

DAVID MUIR: Lamento interrumpirla, secretaria Miller, pero mucha gente considera que ese término es discriminatorio y vulgar.

ELOISE MILLER: Ese es otro de los problemas que estamos combatiendo: la sensibilidad exagerada. No podemos tenerles miedo a las palabras. Debemos llamar a las cosas por lo que son.

DAVID MUIR: Pero la comunidad reanimada está conformada por personas...

ELOISE MILLER: Por personas hechas con partes de más de una misma persona...

DAVID MUIR: Volviendo a la pregunta inicial: ¿cómo es esto una victoria si otros países seguirán adelante con sus programas de reanimación e incluso los fortalecerán?

ELOISE MILLER: Bueno, si conservamos la mayoría partidista en las cámaras, la presidenta impulsará más leyes relacionadas con el tema y explorará posibles órdenes ejecutivas.

DAVID MUIR: ¿De qué índole?

ELOISE MILLER: No podemos frenar por completo la creación de zurcidos de otros países, pero podemos imponer sanciones para impedir la entrada de zurcidos al país.

DAVID MUIR: ¿Habla de imponer restricciones de viaje?

ELOISE MILLER: La presidenta siempre ha insistido en que es necesario reforzar las fronteras y ha emprendido varios esfuerzos para lograrlo. Aún podemos hacer más.

DAVID MUIR: ¿No sería eso contraproducente al reforzar el sesgo antirreanimación por parte de la población estadounidense?

ELOISE MILLER: La presidenta ha sido muy clara. Los verdaderos estadounidenses deben volver a hacer Estados Unidos un país seguro. Este es un movimiento fuerte que nos llevará a la victoria en las elecciones de media legislatura.

DAVID MUIR: Pero también hay un movimiento cada vez más fuerte entre la comunidad de reanimados que luchan por la protección de sus derechos civiles, porque siguen siendo personas.

ELOISE MILLER: ¿De verdad cree que lo son?

DAVID MUIR: Según su ADN, sí.

ELOISE MILLER: Esa terminología científica sólo está hecha para confundirnos más. Lo que debemos preguntarnos es si de verdad son como nosotros, ¿no cree?

DAVID MUIR: ¿En qué sentido?

ELOISE MILLER: Es decir, David, ¿son personas de verdad, como Dios manda?

DAVID MUIR: ¿Como Dios manda?

ELOISE MILLER: Piénselo, David. Los zurcidos no fueron hechos por Dios, sino por la ciencia. No son como nosotros, ¿o sí? Yo sé que no son de mi especie. ¿Considera que son de la suya?

DAVID MUIR: Eso no tiene sentido.

ELOISE MILLER: Claro que lo tiene para los verdaderos estadounidenses. La mayoría de la población está de acuerdo conmigo... y con la presidenta.

DAVID MUIR: Pero algunos miembros de la comunidad de reanimados han hecho un gran trabajo integrándose a nuestra sociedad, incluyendo funcionari...

ELOISE MILLER: Bueno...

DAVID MUIR: Y ayer, en el juego de los Dodgers, uno logró un *no hitter*...

ELOISE MILLER: Son las excepciones que confirman la regla, ¿no es así? No teníamos problemas en la política ni en el béisbol antes de la llegada de los zurcidos, ¿sabe?

DAVID MUIR: Pero ese no es el punto...

ELOISE MILLER: Claro que lo es. Hasta los zurcidos que se supone que son «buenos» les están arrebatando empleos a los verdaderos estadounidenses.

DAVID MUIR: Por desgracia, se nos ha terminado el tiempo. Gracias, secretaria Miller, por acompañarnos.

ELOISE MILLER: Es un placer, David.

DAVID MUIR: ¿Algún último comentario?

ELOISE MILLER: Sí. Recuerden que sólo hay un partido luchando por que Estados Unidos vuelva a ser de los verdaderos estadounidenses. *Make America safe again!*

CAPÍTULO DIEZ

Faustina y el hombre estaban juntos frente a la puerta de entrada de la casa de Leonard, mirando fijamente hacia el frente. Faustina sostenía una botella de Pinot Grigio. El hombre se detuvo a admirar la puerta de la casa de Leonard. Se preguntó quién habría elegido el color rojo, si Leonard o su marido. Quizá habían sido los dueños anteriores. O quizá fue el agente de bienes raíces quien quiso darle un toque de color que contrastara con la pintura blanca deslavada que cubría el resto de la fachada. Sí, eso debía ser. El hombre había visto algo así en HGTV. Era impresionante lo bien que funcionaban esos truquitos. De pronto, el hombre se percató de la risa estridente que emanaba del otro lado de la puerta roja.

—Parece que alguien se la está pasando bien —comentó Faustina.

—Así es —contestó el hombre.

—Supongo que alguno de los dos debería tocar el timbre.

—Así es.

Ambos se quedaron en silencio, sin moverse.

—Te presentaré como mi amigo y nada más, ¿de acuerdo? —dijo Faustina.

—Me parece que es una descripción precisa —señaló el hombre.

Faustina volteó a ver al hombre, quien seguía observando la puerta roja de la casa de Leonard. Faustina suspiró, se acercó al timbre y lo presionó. En ese instante ladró el perro del vecino. Escucharon que alguien gritó: «¡Yo voy!». Segundos después, la puerta se abrió, dejando escapar los sonidos festivos del interior.

—¡Faustina! —exclamó Leonard, que venía cargando a un niño en brazos. El pequeño escondió la cara en su pecho—. Disculpen a Diego. Acaba de despertar de su siesta.

—¡Qué grande está! —dijo Faustina mientras se inclinaba para abrazar a Leonard y, por añadidura, a su hijo.

—¡Ya sé! Siento que en cualquier momento ya no podré cargarlo —comentó Leonard. Faustina retrocedió y alzó la botella de Pinot Grigio para que Leonard viera la etiqueta—. ¡Uy, mi favorito! —Dicho eso, volteó a ver al hombre—. ¿Y él es...? —Faustina se rio y presentó a su acompañante como «un buen amigo»—. Cualquier buen amigo de Faustina es buen amigo nuestro —dijo Leonard—. Perdona que no te estreche la mano, pero, como verás, las tengo un poco ocupadas.

El hombre asintió y sonrió.

—Hola —dijo.

—Pasen, por favor —dijo Leonard y se hizo a un lado—. Hay mucha comida y bebida esperándolos. El marido está en la barra, como de costumbre. Pasen a saludarlo y a dejar su orden de bebidas.

—Sus deseos son órdenes, socio —contestó Faustina. La casa estaba a reventar de gente de todas las edades que reía, conversaba, comía y bebía. Diligentemente, Faustina presentó al hombre a los integrantes del despacho, a sus respectivas parejas y a los niños de diferentes edades y niveles de energía. Mientras tanto, mantuvo la mirada puesta en la barra al fondo de la sala, donde el esposo de Leonard desempeñaba su papel de cantinero con absoluta seriedad—. Ya casi llegamos —le susurró Faustina al hombre al oído derecho. El hombre asintió y agradeció la capacidad de Faustina para enfocarse. Después de presentarle a unos cuantos asistentes más, al fin llegaron a su destino—. ¡Hola, mi vida! —exclamó Faustina.

—¡Hola, mi amor! —le contestó Alejandro—. ¡Te ves divina!

—No tan fuerte, que nos puede oír tu marido.

—No te preocupes. Él también te ama.

—Tal vez debería casarme con ambos y vivir felices para siempre.

—¡Perfecto!

—Y no necesitaría tener un bebé que arruinara este cuerpo celestial. Diego es el único niño que necesito.

Alejandro soltó una carcajada y recibió al hombre con una sonrisa franca.

—Soy Alejandro Venegas, el esposo de Leonard.

—Ay, qué maleducada soy —dijo Faustina y los presentó.

—Mucho gusto —dijo Alejandro.

—Mucho gusto —contestó el hombre.

—¿Cómo se conocieron? —preguntó Alejandro.

—Es un muy buen amigo —contestó Faustina.

El hombre volteó a verla.

—Pensé que sólo era un buen amigo —dijo.

Faustina se rio.

—Sí, perdona. Es mi buen amigo, no mi muy buen amigo.

—Sí me acuerdo de ti —dijo Alejandro entre risotadas—. Asististe al congreso de derecho ambiental en Yosemite.

—Así es —contestó el hombre—. Ahí estuve.

—Mira, te traje una botella divina de Pinot Grigio para reabastecer tu cava —dijo Faustina mientras le entregaba la botella a Alejandro, que examinaba la etiqueta con gratitud. Luego la puso a un lado con las otras botellas de vino.

—¿Qué les sirvo? —preguntó Alejandro mientras señalaba las incontables botellas de alcohol dispuestas al frente—. Supongo que primero querrán un coctel y luego una copa de vino, después de colmar su plato con la deliciosa comida que Leonard ha estado cocinando todo el día.

—Quiero experimentar y probar un trago de antaño —dijo Faustina.

—¡Uy! ¡Qué interesante! —exclamó Alejandro.

—Quiero un Manhattan —dijo Faustina—. El otro día vi *Una Eva y dos Adanes* por enésima vez y, al parecer, era la bebida predilecta de las integrantes de la banda.

—Si bien es de antaño, es una elección exquisita... y esa es una gran película, también. —Alejandro tomó una copa de debajo de la barra y la puso encima—. ¿Quieres lo mismo o tienes un trago de película distinto en mente?

El hombre recordó las películas que había visto desde que lo reanimaron, hacía tres años. Un colega en su primer despacho de abogados había calificado todas las películas de James Bond por orden de calidad con base en su propio algoritmo, el cual incluía factores como número de choques de auto, mujeres hermosas, bebidas consumidas, personas baleadas, gente torturada, calidad de la canción de apertura y otros elementos clave de las películas de Bond. Por ende, el hombre le había prometido al colega que las vería todas, cosa que hizo en el transcurso de varios meses. Intentó recordar qué bebía el Agente 007 en cada película. Había varias opciones, así que reflexionó un instante.

—Rum Collins, por favor —dijo al fin.

—Uy, una elección interesante —dijo Alejandro—. ¿De qué película es?

—*Operación trueno.*

—No es mi película favorita de Bond, pero sí es una buena elección de bebida.

Faustina volteó a ver al hombre y se le escapó una risita.

—No sabía que eras fan de James Bond.

—Siempre se aprenden cosas en las fiestas —comentó Alejandro mientras mezclaba las bebidas.

—Las he visto todas una sola vez —contestó el hombre con expresión reflexiva—. No sé si eso me convierte en fan, tal vez sí. Nunca lo había pensado, en realidad.

Con mucho cuidado, Alejandro puso las bebidas sobre la barra.

—Beban —ordenó—. Tienen que ponerse al corriente con los demás invitados.

Faustina y el hombre tomaron sus bebidas, y Faustina alzó la suya en señal de brindis. El hombre no hizo más que sostener su vaso y mirar el de Faustina. Entonces entendió lo que tenía que hacer y brindó con ella. Ambos dieron un trago.

—Uy, qué rico —dijo Faustina.

—Gracias —dijo Alejandro—. ¿Qué tal está el tuyo?

El hombre asintió.

—Me agrada.

—¡Bien! Ya cumplí con mi trabajo de salvar sus almas deshidratadas. Soy la Madre Teresa de los cocteles. Voy que vuelo a ser santo.

—¿No tendrías que morir primero para que te santifiquen? —preguntó el hombre.

Alejandro rio.

—Bueno, creo que por el momento podemos saltarnos ese paso.

—Querría preguntarte algo sobre tu hijo —dijo el hombre.

Faustina alzó la mirada sutilmente y volteó a ver al hombre.

—¿Sí? —dijo Alejandro—. ¿Qué quieres saber sobre Diego?

—Se parece a ti, no a Leonard.

—Es verdad. ¿Esa es tu pregunta?

—No —dijo el hombre—. Lo que quiero saber es, ¿de dónde vino Diego?

Alejandro sonrió.

—Ah, ya veo adónde va esto.

—Perdónalo, por favor —intervino Faustina—. Es muy directo.

—No me molesta en absoluto —dijo Alejandro—. Prefiero la franqueza. —Una mujer tambaleante se acercó a la barra blandiendo una copa de vino vacía. Alejandro se la llenó de forma diligente sin titubear. La mujer intentó hacer una reverencia en agradecimiento, pero perdió el equilibrio y casi cayó. Luego recobró el equilibrio, asintió y se fue, tambaleándose nuevamente—. Fue mi esperma y un embarazo subrogado —dijo Alejandro—. Leonard y yo entregamos nuestras muestras y dejamos que la fortuna decidiera cuál espermatozoide llegaba primero al óvulo. En otra época, las clínicas de fertilización in vitro se negaban a hacerlo. Lo más que hacían era usar el esperma de cada padre para fertilizar varios óvulos, de modo que al final hubiera un óvulo fertilizado por un solo donador. Pero las normas se han ido suavizando.

—¿Lo dices por la reducción en los índices de natalidad del país? —comentó el hombre.

—Exacto —contestó Alejandro—. Eso ha hecho que todo tipo de regulaciones se suavicen. —Faustina carraspeó y le lanzó una mirada fulminante a Alejandro—. En fin —dijo Alejandro—, encontramos una clínica dispuesta a mezclar nuestras muestras para que el destino decidiera quién sería el padre biológico. Como pueden ver, mis nadadores fueron los más veloces. O al menos uno de ellos lo fue. —Faustina estuvo a punto de escupir el sorbo de Manhattan al intentar contener la risa—. En tiempos recientes ha habido grandes avances en fertilizaciones de tres personas, donde el óvulo de la donadora se puede modificar con esperma de dos donadores. No me sé bien la terminología, pero es algo así. Leonard y yo no quisimos arriesgarnos. Es demasiado controversial. Un poco como ciencia ficción, ¿saben?

—¿Ciencia ficción? —preguntó el hombre.

—Sí, ya sabes, como en *Gattaca*.

—¿*Gattaca*? —preguntó el hombre.

—La película —le explicó Faustina.

—Como sea —continuó Alejandro—, queríamos dejar las cosas un poco a la suerte sin meternos demasiado en cuestiones de ingeniería genética.

—Entonces —dijo el hombre—, si los espermatozoides de Leonard hubieran sido más veloces, ¿Diego hubiera sido más moreno?

—¡Dios mío! ¡Sí que eres directo! —exclamó Alejandro—. Pero bueno, sí, así hubiera sido. Como quiera que sea, es una bendición tenerlo.

—Así es —dijo el hombre—. Estoy de acuerdo. Como quiera que sea, es una bendición que lo tengan. Son afortunados de tener a Diego.

Alejandro volteó a ver a Faustina y le guiñó un ojo. Faustina negó con la cabeza y le dio un enorme sorbo a su Manhattan.

—Vayan a socializar —dijo Alejandro—. Y prueben los champiñones rellenos. Son la obra maestra de Leonard.

—¡Uy, me encantan sus champiñones rellenos! —exclamó Faustina.

—Pero no te llenes —dijo Alejandro—. Su solomillo asado es maná caído del cielo.

—Con razón te casaste con él.

—Es un hombre renacentista —dijo Alejandro—. Un abogado brillante y un cocinero aún mejor. Y no está de mal ver.

Faustina alzó la copa dándole la razón.

—Así es —dijo el hombre—. Leonard es un tipo muy atractivo.

Alejandro y Faustina se miraron y luego soltaron una carcajada unísona.

—Creo que empieza a agradarme la forma tan directa de hablar de este hombre —señaló Alejandro—. Es refrescante.

—Sin duda —contestó Faustina—. Refrescante es la palabra perfecta para describirlo.

—¡Faustina!

Faustina volteó hacia la fuente de aquella voz. Del otro lado del salón estaban Grace y Brandon sentados en un sofá. Grace estaba agitando la mano de forma frenética.

—¿Quién es ella? —preguntó el hombre.

—Mi otra socia.

—¿Por qué está tan sonriente y agita la mano con tanto entusiasmo?

—Porque muere por conocerte. Es todo.

—Oh.

Faustina le dio otro gran sorbo a su bebida.

—Bueno, estoy lista para las fauces del león.

—Esa es una referencia bíblica —dijo el hombre.

—Veo que eres un hombre culto. Vamos.

—Diviértanse —les dijo Alejandro—. Fue un placer conocerte.

—Igualmente —contestó el hombre.

Faustina tomó el brazo del hombre y lo guio a su cintura.

—Al diablo. ¿Quieren pan y circo? ¡Démosles pan y circo! —exclamó mientras jalaba al hombre—. Sólo se vive dos veces.

—La número seis —dijo el hombre.

—¿Qué?

—Esa era la número seis en la lista de películas favoritas de James Bond de mi colega.

—Bueno, pues hagámosla la primera —dijo Faustina—. Saludemos a Grace y a su marido.

⸙

—Me la pasé bien esta noche —dijo Faustina y apoyó la cabeza en el pecho desnudo del hombre. Estaban acostados en la cama de él, bajo una sábana arrugada. En una esquina del cuarto, una lamparita emitía un suave resplandor.

—Me alegra haber conocido a tus amigos —dijo el hombre.

Guardaron silencio durante tres minutos hasta que Faustina alzó la voz.

—¿Por qué preguntaste lo del color de piel de Diego?

—Quería entender —dijo el hombre, con la mirada fija en el techo.

—¿Entender qué?

—Cómo llegó Diego al mundo.

—Ah —dijo Faustina—. Supongo que yo lo di por sentado porque conozco a Leonard y a Alejandro desde hace mucho. De hecho, en algún momento me pidieron que fuera su útero subrogado. Pensaron que quizá me interesaría, pero era un compromiso demasiado grande.

—¿Un compromiso?

—Aunque ellos lo hubieran adoptado de forma legal, si hubiera llevado a ese bebé en mi vientre durante nueve meses, creo que hubiera desarrollado sentimientos por él.

—¿Qué sentimientos?

—Pues sentimientos maternales. Creo que es inevitable, ¿no te parece?

—No lo sé.

—Sospecho que la mayoría de los hombres no imaginan ni entienden esa inquietud —dijo Faustina. El hombre reflexionó. No sabía qué más preguntar—. En fin —continuó Faustina—. Como dije, me la pasé bien esta noche.

—Gracias —contestó el hombre.

—¡Ah! ¿Insinúas que sólo me la pasé bien gracias a ti?

—No, eso no era lo que te estaba agradeciendo.

—Ah.

—Gracias por invitarme a la fiesta.

—Bueno, si lo piensas bien, fue mi madre quien te invitó —dijo Faustina—. ¿Qué alternativa me quedaba? —El hombre soltó una risita—. ¿Te parezco graciosa? —El hombre asintió—. Me da gusto poder entretenerte —dijo Faustina.

—Bueno —dijo el hombre—, es gracioso porque, al final, siempre hay alternativa. Pudiste haberle dicho a tu madre que no estabas lista para que tus colegas me conocieran. Y sé que no te avergüenza decir lo que sientes. Eso lo tengo claro.

—En fin, sea como sea, en serio me la pasé bien —dijo Faustina—. No fue tan incómodo como pensé que sería.

El hombre la abrazó. Minutos después, empezó a escuchar su respiración ligera. El hombre sonrió y miró fijamente el techo. En cuestión de minutos, él también se quedó dormido y su respiración se fusionó con la de ella.

CAPÍTULO ONCE

El hombre se sumergió en el mismo sueño que había tenido todas las noches desde su reanimación. En ese sueño, algunos rostros familiares y otros desconocidos titilaban y aparecían de golpe. Movían los labios y mascullaban palabras, pero no lograba descifrar su significado. Luego, silencio. No oía absolutamente nada. De pronto, el entorno amorfo se convertía en una playa y el hombre se encontraba parado en la orilla del agua. Bajaba la mirada y veía que cargaba un cuerpo envuelto en un manto blanco. Una voz le ordenaba que se subiera a un pequeño bote que flotaba frente a él.

—¿Qué hago con el cuerpo? —preguntaba el hombre a la voz incorpórea.

—Lánzalo al bote —contestaba la voz. Y el hombre obedecía. Luego, se acomodaba cerca del cuerpo, y el bote empezaba a avanzar por voluntad propia, mientras el agua ondulante emitía un extraño susurro.

Conforme el bote avanzaba a paso firme a través del que parecía ser un lago interminable, el hombre olvidaba el cuerpo que yacía a sus pies. El estómago le rugía mientras su mente se perdía en suntuosas comilonas imaginarias que no recordaba haber degustado jamás.

¿Por qué reconocía el sabor de aquellos alimentos desconocidos? Finalmente, el bote llegaba al otro lado del lago. El hombre alzaba el cuerpo envuelto y se lo llevaba al hombro. Se bajaba del bote y caminaba sobre la arena cálida. Luego se enojaba consigo mismo porque había olvidado preguntarle a la voz incorpórea qué hacer después. No importaba. Debía avanzar. Mientras lo hacía, percibía los cambios en el terreno. El suelo se volvía pedregoso y de él salían árboles y plantas. Caminaba durante bastante tiempo, y con cada paso que daba, el cuerpo se hacía más pesado y las piedras del suelo le lastimaban los pies descalzos. Después de un tiempo, se daba cuenta de que el paisaje se había vuelto cada vez más fantasioso. Las figuras que percibía parecían ser algo más que un terreno, algo más parecido a un idioma. Y no un idioma cualquiera, sino un jeroglífico antiguo y misterioso que sólo le hablaba a él. Sin gran esfuerzo, descifraba el mensaje. Al fin sabía lo que tenía que hacer.

Armado con ese conocimiento, finalmente llegaba al lugar en el que podía permitirse bajar el cuerpo envuelto para descansar y recobrar la compostura. Alzaba la mirada y veía una roca enorme en forma de mano que sostenía un higo maduro. La roca se balanceaba sobre una base de piedra que emergía de la arena. Con una fuerza de la que carecía cuando estaba despierto, alzaba el cuerpo envuelto y lo insertaba entre la roca y la piedra. Una vez que completaba la tarea, el hombre le concedía una única bendición.

—Duerme, duerme.

Después de unos momentos de silencio, el hombre empezaba el largo regreso al bote. Atravesaba el mismo terreno pedregoso que poco a poco iba dando lugar a la suave arena encontrada al principio. El sol le calentaba el cuerpo, y la tersa arena se le metía entre los dedos de los pies. No obstante, su serenidad se veía opacada cuando un grupo de siluetas oscuras lo rodeaba. El hombre intentaba gritar, pero no podía abrir la boca. Esas siluetas oscuras le jalaban los brazos, primero el izquierdo y luego el derecho, y le mordían el rostro y el cuerpo mientras rugían como perros rabiosos. La tortura parecía interminable. Finalmente, las siluetas lo dejaban caer al suelo y se alejaban mascullando sonidos obscenos que no alcanzaban a ser palabras. El hombre se quedaba tirado, amoratado y sangrante, pero después de un rato lograba recomponerse y levantarse. Sentía su cuerpo y confirmaba que estaba intacto. Y poco a poco continuaba el viaje, rengueando a cada paso que daba.

Al fin llegaba al bote que parecía estarlo esperando. Se subía, se sentaba y cerraba los ojos. Sentía cómo se movía el bote y se deslizaba lentamente por el enorme lago hacia el lugar del que había venido. Tiempo después percibía una presencia cercana al bote que flotaba en el agua frente a él. Abría los ojos de golpe y lo que veía lo hacía sonreír. A unos metros del bote estaban flotando las siluetas oscuras que lo habían hostigado. *Hay justicia*, pensaba. El bote pasaba junto a los cuerpos inertes y el hombre sonreía, satisfecho de ver los restos de los que habían sido sus verdugos.

Con el tiempo, el bote llegaba a la orilla. Milagrosamente, sus heridas habían sanado y se sentía fuerte y en forma. Se bajaba del bote. Tan pronto su pie izquierdo entraba en contacto con la arena, el hombre caía deprisa en un abismo oscuro y profundísimo que daba vueltas. Antes de tocar el fondo, se despertaba del sueño.

El hombre se sentó y miró a su alrededor. Tenía la respiración acelerada y el cuerpo cubierto de sudor frío. Volteó a ver a Faustina, quien dormía de costado, de cara a él, hecha bolita, como un gato, roncando con la mitad de la cara oculta en la almohada del hombre. La sábana se había caído al suelo y la tenue luz ámbar de la lámpara del rincón envolvía el cuerpo de Faustina con un sutil resplandor. Con suavidad, acarició la piel del hombro izquierdo y la cadera de Faustina. Estaban unidos al cuerpo a la perfección, sin cicatrices. Su hermosa piel morena cubría tersamente los contornos de sus extremidades. La respiración del hombre se fue calmando conforme fue pasando el delirio de la pesadilla.

El hombre suspiró, se puso de pie y se dirigió al baño. Cerró la puerta y encendió la luz. Se miró al espejo y contempló las diferencias entre su cuerpo y el de Faustina. Despacio, se acarició las cicatrices que marcaban la unión entre la cadera izquierda y la pierna. El color de piel y el tamaño de los pies eran bastante parecidos. Su pie derecho era de talla 9, aunque no tenía problema en usar 9 ½, que era la talla del pie de su nueva pierna.

Luego se acarició las cicatrices entre el hombro y el brazo izquierdo. El hombro y el brazo derechos encajaban a la perfección. Pero el izquierdo... La dentada franja colorida parecía un rompecabezas de madera de los Estados Unidos, en donde cada estado tenía un color distinto al de su vecino. ¿Acaso no encontraron piel de un tono más parecido? El tono moreno de su hombro izquierdo contrastaba con la blancura de su brazo. Y su mano izquierda era mucho más grande que la derecha. ¡Qué disparidad tan desconcertante! ¿Por qué? ¿Acaso había sido una broma cruel? ¿Se reían los cirujanos y enfermeros del collage humano que construían? ¿Cómo pudieron ser tan crueles como para negarle el ínfimo regalo de la conformidad, la paz interna que deviene de ser ordinario, la oportunidad de ser simplemente él en lugar de contener multitudes? Sentía que no pertenecía a ningún lugar. No era de aquí ni de allá.

Entonces alzó la mirada para observarse el rostro, y con la mano derecha dibujó la silueta de sus cejas, su nariz, sus labios, su barbilla. Volteó la cara a la izquierda y luego a la derecha. Se preguntó cómo había sido originalmente. Luego suspiró y cerró los ojos un instante. Después, abrió el gabinete de los medicamentos y sacó el frasco de plástico. Lo examinó, lo abrió y vertió las pastillas rojas y oblongas en la superficie del lavabo. Con detenimiento tomó cada una de las pastillas mientras las iba contando. Treinta y una. Suspiró. Con cuidado las fue guardando una por una en el frasco, lo cerró y lo guardó de nuevo en el gabinete.

A continuación, apagó las luces del baño y permaneció quieto en medio de la oscuridad. Sin luz, no era más que una persona. Tomó la perilla de la puerta y la giró despacio para que no chirriara. La tenue luz ámbar de la habitación inundó también el baño. El hombre se acercó a la cama y vio a Faustina dormir. ¡Qué hermosa era! Sintió que le dolía la cabeza, así que suspiró. Se dio media vuelta, salió del cuarto y fue a su estudio. Encendió la lámpara del escritorio y abrió el botón inferior del archivero. Se asomó al cajón, titubeó y finalmente sacó una caja de cartón maltratada. Puso la caja en el escritorio, se sentó y empezó a pensar en qué hacer después.

Cuando Faustina tosió con fuerza y se movió en la cama, el hombre se sobresaltó, se paralizó y esperó a ver si acaso la mujer había despertado. Después de unos instantes, Faustina guardó silencio de nuevo, salvo por su respiración ligera. El hombre volvió a enfocarse en la caja y la abrió. Sonrió, metió la mano y sacó un libro infantil ilustrado. Pasó las páginas quebradizas y maltratadas, y luego lo cerró. En la portada había una tarjeta de presentación sostenida con un clip. La tarjeta decía:

Dr. Marco Prietto
Industrias Clerval

Debajo del número telefónico y la dirección del doctor, había una frase escrita con tinta roja: «Cuando estés listo». El hombre saboreó esas tres palabras y sonrió. En ese instante, por fin entendió su significado.

Cuidadosamente guardó el libro en la caja de cartón, y la caja de cartón en el cajón. Apagó la lámpara del escritorio y se fue de puntitas al cuarto. Levantó la sábana para tapar nuevamente a Faustina, quien se movió un poquito antes de volver a un sueño profundo. Luego, de la forma más silenciosa posible, el hombre abrió un cajón de su armario y sacó su sudadera, sus pantalones deportivos y sus calcetas. Se vistió, se puso los tenis para correr y miró a Faustina una última vez antes de salir del cuarto.

CAPÍTULO DOCE

El hombre cerró la puerta de su departamento y se adentró en el frío vespertino. Estiró las piernas y dibujó con los brazos tres círculos en el sentido de las manecillas del reloj. Inhaló profundamente, se puso la sudadera y emprendió su habitual carrera nocturna, aunque mucho más tarde de lo habitual. De hecho, eran casi las 2:00 a.m. Giró a la izquierda en Hurlbut Street hacia Pasadena Avenue, y luego giró de nuevo a la izquierda. Estiró las piernas dando largas zancadas mientras sus músculos entraban en calor. Se enfocó en su respiración. Aunque percibía la fuerza de sus brazos y sus piernas al correr, algo no andaba bien. Sentía que estaba conectado con cada parte de sí mismo, pero no del todo. El hombre fue acelerando más el paso mientras corría por Pasadena Avenue.

JORGE RAMOS ENTREVISTA A LA PRESIDENTA EN CNN

RAMOS: Gracias por acompañarnos esta noche, presidenta Cadwallader.

POTUS: Siempre es un placer, Jorge.

RAMOS: Una nueva encuesta de CNN revela que su partido ha experimentado un ligero ascenso en las preferencias electorales y va tres puntos por encima de la competencia, apenas dentro del margen de error.

POTUS: Vístame despacio que tengo prisa, Jorge. Creo que esas cifras demuestran que la población estadounidense está escuchando nuestro mensaje.

RAMOS: ¿Cuál es ese mensaje?

POTUS: ¡Estados Unidos para los estadounidenses de verdad! *Make America safe again!*

RAMOS: Cierto. Sin embargo, hay quienes consideran que su movimiento está sustentado en temores infundados y no ofrece soluciones reales a la inflación, el cambio climático, la falta crónica de vivienda asequible y el tibio crecimiento en materia de empleo durante su presidencia, a pesar de que su partido ha contado con mayoría en ambas cámaras.

POTUS: Pero el pueblo estadounidense sabe que eso no significa nada a menos que pueda vivir tranquilo en sus casas, sus negocios, sus escuelas. ¿Qué es más real: quejas alarmistas sobre el supuesto cambio climático y el aumento en los niveles del mar, o el temor de una familia a la violencia de la que puede ser objeto al caminar por su propio barrio a plena luz del día? Estamos frente a una verdadera crisis, Jorge, y mi partido está ofreciendo soluciones, mientras que nuestros oponentes sólo quieren que demos limosnas o destruyamos la economía con burocracia ambientalista. Los estadounidenses de verdad saben cuáles son las amenazas de verdad. Yo también lo sé. Después de todo, fue mi partido el que ratificó la ley antizurcidos sin un solo voto de nuestros contrincantes.

RAMOS: La, eh, ley que prohíbe la reanimación es un caso ejemplar. La industria de la reanimación parecía estar funcionando. Es decir, antes de la prohibición, no había tenido muchos efectos negativos en la economía, y...

POTUS: Estoy en desacuerdo, Jorge. Hay casos documentados de incidentes violentos... de empujones y episodios por el estilo.

RAMOS: Bueno, pero al analizarlos resulta que son reportes poco homogéneos e inconclusos que se basan en simples anécdotas. Algunos reportes indican que esos supuestos «empujones», como usted los llama, fueron provocados y en realidad fueron actos de defensa personal. Y, en términos de violencia y de hacer que la gente se sienta segura, ha habido siete tiroteos masivos desde que usted llegó a la presidencia, ninguno de los cuales involucró a integrantes de la comunidad reanimada. Fueron provocados por ciudadanos...

POTUS: ¿Acaso debemos esperar a que los empujones se conviertan en tiroteos? Mientras tanto, nuestros oponentes quieren prohibir que los estadounidenses de a pie tengan armas que les permitan defenderse cuando algunos de esos zurcidos decidan cambiar los empujones por rifles de asalto.

RAMOS: No hay indicios de que eso vaya a ocurrir, y usted ha combatido cualquier intento de reforma legislativa contra las armas de fuego, incluso cosas tan simples como mejorar la revisión de antecedentes personales que, según las encuestas, la mayoría de la población apoya.

POTUS: También podríamos decir que no hay indicios de que los zurcidos no se están armando con uñas y dientes en este preciso instante, ¡y en nuestro propio terruño! No me quedaré de brazos cruzados mientras el otro partido defiende a los zurcidos con filosofía «progre», en lugar de protegernos de los enemigos de nuestro estilo de vida.

RAMOS: Lo lamento, presidenta Cadwallader, pero no creo que pueda hacer ese tipo de declaraciones sin evidencia alguna.

POTUS: Por si fuera poco, la industria de los zurcidos estaba plagada de abusos muy bien documentados, y lo sabe.

RAMOS: Hubo algunos abusos documentados, como usted los describe. Algunas historias de médicos reanimadores que seguían en contacto con sus sujetos después de haberlos reincorporado a la sociedad. Pero nada de eso es particularmente ofensivo ni peligroso.

POTUS: Eso es sólo si cree que la ingeniería social es algo bueno, cosa que yo no creo. Debemos proteger a los nuestros, cueste lo que cueste.

RAMOS: Esa retórica podría influir en el voto de los reanimados. ¿No le preocupa? Es decir, son un sector votante significativo que podría tener la última palabra en una elección competitiva.

POTUS: Muertos que votan...

RAMOS: No, eso no fue lo que dije...

POTUS: ¡Así es como se roban las elecciones, Jorge! Me está dando la razón.

RAMOS: Pero no me refería a eso...

POTUS: ¿Los muertos deberían tener derecho a votar? Es algo que tendremos que revisar si mantenemos la mayoría en ambas cámaras. No deberíamos permitir que los muertos tengan los mismos preciados derechos que los estadounidenses, en especial si van a usarlos para impulsar sus planes. ¿Qué sigue? ¿Que los zurcidos hechos de dos, tres o más donantes puedan votar dos, tres o más veces? Debemos cuidar nuestra democracia, e impedir que los zurcidos entren a las casillas de votación es el primer paso para limpiar el sistema. Si no lo hacemos, nos va a cargar el diablo... con perdón de Dios.

RAMOS: Cuando alguien firma una tarjeta de donación donde permite su reanimación, se le prometen todos los derechos de los que gozaba previamente. Si usted intenta cambiar eso, estaría violando sus derechos conferidos. Y como bien sabe, hay una amplia jurisprudencia en torno a la protección de los derechos conferidos. Provocaría muchas demandas, sin duda.

POTUS: Por eso necesitamos reformar la ley, para impedir que surjan demandas frívolas que sólo enriquezcan a los abogados. Por eso también necesito un Senado que ratifique a mis nominados a la Suprema Corte, en caso de que haya alguna vacante en el futuro cercano. Hay demasiadas cosas en juego en esta elección.

RAMOS: Eso último es algo en lo que sí estamos de acuerdo. Gracias, presidenta Cadwallader. Tendremos que terminar aquí; se nos ha acabado el tiempo.

POTUS: Gracias, Jorge. No sólo hace excelentes preguntas, también luce de maravilla: cada día más joven.

RAMOS: Eh, ¿gracias? Sea como sea, buenas noches. Estaremos pendientes del desarrollo de estas elecciones de media legislatura.

POTUS: Buenas noches, Jorge. Y que Dios bendiga a los estadounidenses de verdad.

CAPÍTULO TRECE

El hombre atravesaba lentamente la pila de seis tortillas de maíz con el cuchillo mientras Faustina rociaba aceite de oliva en la sartén caliente, que reaccionó de forma estrepitosa. Faustina volteó a ver al hombre y vio cómo éste alzaba el cuchillo de forma meticulosa para repetir el proceso.

—¡Qué perfeccionista! —exclamó Faustina.

—Bueno, me dijiste que te gustaban los totopos con forma de triángulo —dijo, aún enfocado en la tarea—. Es imposible hacer triángulos si no corto la orilla redondeada, y me dijiste que no lo hiciera. Así que estoy tratando de hacer lo más parecido a un triángulo, incluso si tienen un lado redondeado.

—Ya sé. Hay gente que simplemente troza las tortillas con las manos, sin fijarse en las orillas. Quedan todas disparejas. Pero bueno, al final los chilaquiles no tienen que ser perfectos.

El hombre alzó la mirada.

—¿Cómo tienen que ser entonces?

—Tienen que ser crujientes... o al menos eso opino yo. Y, dado que haremos chilaquiles rojos, la salsa debe estar hecha de jitomate fresco, un poco de cebolla, jalapeño, ajo y una pizca de consomé de pollo en polvo. Seguramente hay un millón de recetas distintas. La clave está en seguir la tradición de tu familia, en especial si vas a alimentar a tus parientes, porque te aseguro que la familia es la más criticona cuando se trata de tradiciones culinarias. Si te desvías tantito de la receta familiar, ¡no te la acabas! Será la historia que cuenten cada Navidad sobre cómo alguien hizo mal el pozole, o la lengua, o las enchiladas, o el arroz, o los chilaquiles. Yo aún no le he dicho a mi mamá que uso aceite de oliva en vez de su querido Wesson, aunque creo que ella lo sospecha. En todo caso, es mejor adaptarse lo mejor posible a la tradición familiar para mantener a los criticones calladitos.

—Sí, tiene sentido —dijo el hombre y volvió a enfocarse en cortar las tortillas—. Entiendo por qué querrías evitarlo.

—Además, cuando haces chilaquiles, hay que echarles queso fresco encima. Hay quienes prefieren el queso cotija, pero eso provoca que queden demasiado salados, digo yo. Y para terminar, un huevo frito encima. Aunque yo me los como con o sin él. Pero bueno, debo tener cuidado de no ponerme demasiado creativa o no me la voy a acabar —le explicó Faustina. El hombre volvió a cortar las tortillas, examinó el resultado de su trabajo, sonrió y dejó caer los totopos en un gran tazón naranja que contenía tres tandas previas de tortillas recortadas—. Perfecto —dijo Faustina mientras alzaba el tazón y examinaba los triangulitos homogéneos—. Diez de calificación. No sólo eres guapo, sino que también eres un muy buen *sous chef*. —Metió la mano al tazón, agarró un totopo y lo dejó caer en la sartén. El aceite chisporroteó.

—¿Es para probar la temperatura del aceite? —preguntó el hombre.

—¡Exactamente!

—Me gusta el sonido que hace.

—Es muy satisfactorio, ¿no? Un placer mundano.

—¿Está listo?

—Sí, lo está —contestó Faustina mientras echaba puñados de totopos con mucho cuidado en la sartén. El chisporroteo se hizo más intenso a medida que creció el montículo de tortillas.

Mientras Faustina seguía cocinando, el hombre observó sus movimientos eficientes en un intento por grabar ese recuerdo en su memoria. Le gustaba más la cocina de ella que la suya. La de ella resplandecía y tenía una disposición que encajaba a la perfección con los requisitos culinarios de Faustina. La cocina del hombre, por su parte, parecía mal planeada, con una isla demasiado grande para una estancia tan pequeña. Era imposible abrir los gabinetes de la isla al mismo tiempo que la puerta del horno, porque entonces chocaban la madera y el metal. La única verdadera ventaja que tenía esa cocina era que habían renovado todos los electrodomésticos cuando remodelaron el complejo de departamentos antes de que él se mudara ahí. Sin embargo, en realidad no debía sorprenderle la diferencia entre sus residencias. Faustina era dueña de una casa moderna de 2,200 ft^2, mientras que él rentaba un departamento con apenas la mitad de espacio. La diferencia no lo acomplejaba; reconocerla sólo le permitía ser consciente de la seguridad financiera que conllevaba ser socia de un exitoso despacho de abogados. Además, el hombre había estado pasando más tiempo en casa de Faustina en vez de ella en la de él, que era lo que ella había querido durante las primeras dos semanas de su relación... si así se le podía llamar. Después de cuatro semanas juntos, Faustina prefería que él pasara la noche en casa de ella unas cuantas noches por semana, y otras prefería estar sola o a veces incluso se quedaba en el departamento de él. Faustina había argumentado que le resultaba más conveniente. No obstante, el hombre suponía que había algo más de fondo; no sabía qué podía ser, aunque tampoco le molestaba aquel acuerdo. Estaba al borde de un sentimiento que no había experimentado antes, algo cercano a la satisfacción, la seguridad, la paz. Y tratándose de aquella relación incipiente, él estaba más que dispuesto a seguir la pauta que Faustina marcara. Al final, confiaba en que ella ofreciera las soluciones logísticas más prácticas y eficientes para cualquier cosa, desde hacer chilaquiles hasta los hábitos de su vida amorosa.

—¿Pondrías la mesa? —preguntó Faustina mientras seguía añadiendo ingredientes a la sartén que provocaban un nuevo chisporroteo de aceite—. Mi mamá y Saúl no tardan en llegar.

—Sí —contestó el hombre, abriendo un cajón del cual sacó cubiertos.

—Ah, y pon las servilletas de tela, por favor. Están en aquel gabinete de allá.

—Sí.

—Y si puedes poner la ensalada de fruta en la mesa junto con el jugo de naranja, estaría perfecto. En un segundito pondré el café.

—Sí, claro —contestó el hombre mientras inhalaba el aroma de los chilaquiles en progreso—. Huelen bien.

Faustina volteó a verlo.

—Si quieres te enseño a hacerlos. —Sonrió y siguió cocinando—. Ya sabes lo que dicen.

—¿Qué dicen?

—Dale un pescado a un hombre y lo alimentarás por un día, pero...

El hombre esperó a que Faustina terminara la oración. Después de unos instantes, tuvo que pedirle que lo hiciera.

—¿Pero qué?

Faustina lo miró a los ojos.

—¿Nunca lo has oído?

—No, creo que no. Tendría que saber qué más ibas a decir para saber si lo he oído o no.

—Pero si le enseñas a pescar, lo alimentarás toda su vida.

—No lo había oído. Me gusta. Tiene sentido.

—¡Uy, tengo un millón más!

—¡Qué bien!

—Eres un público fácil de complacer —dijo Faustina. En ese momento sonó el timbre—. ¡Ay! Se les hizo un poco temprano. Sigo peleando con los chilaquiles. ¿Podrías abrirles, por favor?

—Claro.

El hombre observó la mesa que acababa de poner. Se veía balanceada, bien organizada. Asintió para sí mismo, le dio tres golpecitos a la mesa y se encaminó al recibidor mientras el timbre sonaba de nuevo. El hombre abrió la puerta y retrocedió un paso.

—¡Al fin! —exclamó Saúl—. Temía que nos hubiéramos equivocado de día. ¡La vejez!

—No, no se equivocaron de día —dijo el hombre.

Verónica se acercó a abrazarlo. Él le devolvió el abrazo con una sonrisa. Saúl le estrechó la mano y le entregó una botella de Prosecco.

—Para darle un toquecito especial al jugo de naranja —dijo Saúl con un guiño—. Sirve para abrir el apetito y soltar la lengua.

—Esos chilaquiles huelen muy bien —dijo Verónica mientras entraba a la cocina—. ¡Casi tan bien como los míos!

—¡Ay, sí! —contestó Faustina mientras se secaba las manos con una toallita para abrazar a su madre—. Aprendí de la mejor. Aunque los chilaquiles que hacía mi papá también eran muy ricos.

—¿Quién crees que le enseñó a hacerlos? —dijo Verónica entre risas.

—Sí, mamá, tu receta es la mejor. Y también eres la mejor maestra —repitió Faustina.

—Por supuesto —dijo Verónica—. Mi hermosa hija nunca miente.

—No, jamás —dijo el hombre—. Jamás.

—Y ahí estaba, acurrucado junto a Verónica, vestido de pies a cabeza y acostado sobre la sábana, para que no se imaginen cosas, sólo con los pies por fuera de la delgadita cama de hospital, intentando tomar una siesta, y en ese momento entra la enfermera.

—¡Me dio mucha vergüenza! —comentó Verónica.

Faustina se llevó el último bocado de chilaquiles a la boca.

—¿Y qué pasó? —preguntó.

Saúl le dio un sorbo al jugo de naranja con Prosecco.

—Bueno, la enfermera me dijo: «No creo que sea prudente que se acueste con ella», y yo le dije...

—¡Ay, no, no les cuentes eso! —le suplicó Verónica mientras se cubría la cara con las manos—. ¡Qué vergüenza!

—Le dije —continuó Saúl— con la voz más ecuánime posible: «No se preocupe, ¡primero la invité a cenar!».

El resoplido risueño de Saúl causó conmoción en el comedor. Faustina no pudo contener la risa, mientras Verónica meneaba la cabeza y se ponía roja como jitomate. El hombre sonrió, impresionado por la habilidad de Saúl para idear respuestas graciosas en circunstancias tan inusuales y vergonzosas.

Cuando al fin dejaron de reír, Verónica volteó a ver a su hija.

—¿Sabes algo? Tu padre tenía ese mismo sentido del humor.

Faustina suspiró.

—Sí. Mi papá hubiera hecho esa misma broma, o quizá incluso le hubiera subido un poco de tono.

Saúl se rio.

—Estoy seguro de que me hubiera caído bien Agustín.

En ese momento se hizo un silencio reflexivo.

—¿Alguien quiere algo más? —preguntó el hombre mientras se ponía de pie.

—Qué educado —dijo Verónica—. No, gracias. ¡Estoy llenísima!

—A mí tampoco me cabe un bocado más en mi muy feliz estómago —añadió Saúl.

—Yo querría un poquito más de café, por favor —dijo Faustina.

El hombre entró a la cocina y se detuvo para recobrar la compostura. Había intentado mantenerse en calma desde que inició el almuerzo. Al cerrar los ojos después del primer bocado de chilaquiles, le pareció haber visto el rostro de una mujer a la que no reconocía. Ese tipo de cosas le habían ocurrido antes, quizá una docena de veces. Lo detonaba cualquier cosa, desde el sabor de ciertos alimentos hasta el oír ciertas frases o escuchar alguna pieza musical. Meneó la cabeza y permitió que su compostura se reinstaurara lo suficiente como para permitirle ser funcional. Tomó la cafetera y volvió al comedor, llenó la taza de Faustina y devolvió la cafetera a la cocina. Luego fue de nuevo al comedor, se sentó, alcanzó la media crema y la vertió en la taza de Faustina, revolvió el contenido y se reacomodó en su silla.

—¡Qué nivel de servicio! —exclamó Saúl—. Cualquiera podría acostumbrarse a eso.

En esa ocasión, quien se sonrojó fue Faustina.

—En fin...

Hubo una breve pausa en la conversación, pero luego se reinició a todo vapor cuando Verónica señaló que Agustín había sido un marido muy considerado, pero no un gran cocinero.

—Antes de que le enseñara mis recetas, el pobre creía que cocinar era agarrar cualquier sobra que encontrara en el refrigerador y revolverla con huevos —dijo Verónica—. Lo hacía con cualquier cosa. ¡Ay! ¡Hasta agarraba mi arroz y hacía omelet!

—Y no olvides sus famosos huevos con weenies —dijo Faustina entre risas.

—¡Ay, sí! ¡Huevos con weenies! —exclamó Verónica.

—Según mi papá, esa mezcolanza de las salchichitas de Oscar Meyer acompañada de tortillitas de maíz recién salidas del comal, eran una comida completa y bien balanceada para toda la familia. Siempre decía: necesitas mucha proteína para que tu cerebro funcione al 100% de su capacidad.

—No sé si alguna vez he comido huevos con weenies —dijo el hombre.

—¡Ay, seguro que sí! ¡Es un clásico de la cocina mexicana! En México se le conoce como huevos con salchicha. Mi papá no los inventó, pero le gustaba hacer como que sí.

Saúl sonrió y asintió.

—Ojalá hubiera conocido a Agustín.

—Yo desearía haber conocido a tu Rachel —le dijo Verónica.

—Se hubieran caído muy bien —contestó Saúl.

—Algún día estaremos todos juntos —señaló Verónica, cosa que hizo reír a Saúl.

—Ay, ojalá tuviera la misma fe que tú.

—Ni modo —contestó Verónica y le dedicó una sonrisa dulce, pero triste—. Algún día sabremos qué hay del otro lado, cuando llegue nuestro momento. Lo único que sé es que la vida está llena de sorpresas.

—Cuando se cierra una puerta, se abre una ventana —añadió Saúl y le sonrió también.

—¿Ustedes cómo se conocieron? —preguntó el hombre.

—Uy —dijo Faustina—. Es una historia peculiar.

—No es tan peculiar —dijo Verónica—. Ya sabes lo que siempre digo, mija...

—Lo sé, lo sé: «Todo es parte del plan de Dios».

—Ojalá pudiera encontrar una copia de ese plan en internet —dijo Saúl entre risas.

—¡Ay! —exclamó Verónica y le dio una palmadita a Saúl en el brazo—. Hay cosas sobre las cuales no está bien bromear. Si Dios quisiera que conociéramos su plan, lo publicaría en el periódico. Debemos tener fe en que hay un plan.

—En fin —dijo Saúl—, nos conocimos en Forest Lawn hace poco más de un año.

—¿En el cementerio? —preguntó el hombre.

—Exactamente —contestó Saúl—. Acabábamos de inaugurar la lápida de mi Rachel.

—¿Inaugurarla?

—Es una ceremonia judía —le explicó Saúl—. Después de un año del fallecimiento de un ser querido, nos reunimos alrededor de la tumba para hacer una ceremonia en la que rezamos el Kaddish, la plegaria para los difuntos, y develamos la lápida. Es como una dedicatoria formal. Rachel y yo no tuvimos hijos, así que sólo estuvimos mi hermano, su esposa y yo. Sus gemelas estaban en la universidad, en Massachusetts, así que fuimos poquitos. Ni siquiera hubo un rabino porque... dejamos de asistir a la *shul* hace años. Así que mi hermano accedió a dirigir la ceremonia. Es dentista, pero siempre ha sido más religioso que yo, así que accedí con gusto. Y lo hizo de maravilla. Siempre podría dedicarse a eso si se harta de la odontología.

Verónica le estrujó el brazo con dulzura. Saúl bajó la mirada y parpadeó, como ensimismado.

—Y ¿cómo conociste a la madre de Faustina? —preguntó el hombre.

—Bueno, después de la inauguración, mi hermano y mi cuñada debían tomar un avión, así que decidí caminar un rato y mirar las otras lápidas. El cementerio es muy hermoso y apacible, así que quiero suponer que no es algo tan extraño. Todas las religiones están representadas ahí. Es agradable ver a todo el mundo llevarse bien y compartir espacios así, aunque estén muertos, ¿sabes? Pasear por un cementerio sirve para reflexionar sobre muchas cosas.

—¿Como cuáles? —preguntó el hombre.

—Bueno, para empezar, es impresionante descubrir cuánta gente muere tan joven, sin llegar siquiera a los treinta o los cuarenta —contestó Saúl—. Algunas lápidas eran de bebés y niños. Es muy triste.

—Ay —intervino Verónica mientras meneaba la cabeza con tristeza.

—Me vas a hacer llorar —dijo Faustina.

—Entonces, después de ver varias lápidas —continuó Saúl—, llegué a un pasillo que me llevó a una de las criptas donde había docenas de placas en un muro de quince pies o más. Empecé a vagar por ahí y a leer una que otra placa, y entonces vi a una linda mujer peleándose con una de las urnas que se usan para poner flores a las placas superiores.

—Se refiere a mí —dijo Verónica con una sonrisa—. Tu papá había muerto hacía dos años, y yo quería hacerle saber que aún lo recordaba. Me gusta visitarlo y contarle cómo van las cosas por acá, decirle que lo extrañamos, y también agradecerle todo lo que nos dio.

—Qué linda, mi amor —dijo Saúl—. En fin, ¿en qué me quedé? Ah, sí, me acerqué a esa hermosa mujer y le ofrecí ayudarle. Ella volteó a verme, un poco desconcertada, pero me entregó la urna sin decir una palabra. Sólo me sonrió con una gran dulzura. De inmediato puse las flores en el florerito que estaba junto a la placa, y ella me lo agradeció profusamente y con la sonrisa más hermosa del mundo. Y el resto, como quien dice, es historia.

—Veo que ambos tienen mucha historia —dijo el hombre—. Juntos y por separado.

Faustina, Verónica y Saúl voltearon a verlo.

—Eh, sí —contestó Faustina con voz titubeante—. Supongo que sí.

Saúl sonrió antes de intervenir de nuevo.

—Miren, mi hermano me mandó un correo graciosísimo con chistes muy buenos. Siempre me envía una lista de chistes nuevos.

—¡Ay, no! —exclamó Verónica—. Ya me los contó y no todos son tan graciosos.

—¡Deja que ellos lo decidan por su cuenta! —respondió Saúl sin dejarse intimidar.

—Venga —dijo Faustina—. Nos vendría bien algo de buen humor.

—A ver, en una sinagoga hay una plaga de ratones. Está repleta de ratones. ¡A reventar de ratones! Hay miles de ratones yendo y viniendo por doquier. ¡Oy! El custodio intenta atraparlos con trampas, carnada, gatos... y nada. Nada funciona. Finalmente va con el rabino y le explica el problema, pues el rabino es un hombre sabio que al parecer tiene respuestas para todas las preguntas, sin importar qué tan grandes o pequeñas sean. «Ya tengo la solución», dijo el rabino después de reflexionarlo un rato. «¿Y, cuál es?», preguntó el custodio. «Es un plan a prueba de tontos», contestó el rabino con una sonrisa. «Bueno, pero ¿cuál es?», insiste el custodio. «Les haré Bar Mitzvahs a todos, ¡y no volveremos a verlos jamás!». —Saúl concluyó el chiste con una risotada contenida. Verónica se encogió de hombros. Faustina asintió, sonrió y profirió una risita.

—Está bueno.

—Yo no le entendí —dijo Verónica.

—Intenté explicártelo, corazón —le dijo Saúl.

—A ver, permíteme traducírtelo —dijo Faustina—. Cambia «hacerles Bar Mitzvahs» por «hacerles su Confirmación».

Verónica reflexionó un instante, y, tras unos segundos, se le dibujó una sonrisa en el rostro y se le escapó una risita.

—¡Muy bien! —exclamó Saúl—. Así es como debí explicárselo.

—Sí es gracioso —dijo Verónica—. A ver, otro chiste.

Saúl se frotó las manos.

—A ver, déjame pensar...

—Un chiste político —dijo Faustina—. Ya van a ser las elecciones de media legislatura y he estado llenando la boleta de voto por correo. ¡Qué locura! Supongo que tendrás una.

—¡Uy, tiene varias! —señaló Verónica.

Mientras Saúl contaba otro chiste que era mucho más largo que el anterior, el hombre se reclinó y observó la escena con una sonrisa. *Así es como se ve y se oye una familia*, pensó. *Anécdotas e historias y chistes y risas y afecto.* Mientras esas ideas le pasaban por la mente, el hombre estaba cada vez más convencido de lo que debía hacer.

CAPÍTULO CATORCE

Después del almuerzo, Faustina mandó al hombre a casa porque ella necesitaba tiempo para preparar un testimonio que debía presentar en San Francisco al día siguiente. El viaje no tomaría más de un día. El hombre le dio un beso y le deseó suerte. Al llegar a su departamento, él se fue directo a su estudio. Encendió la lámpara del escritorio y abrió el cajón inferior del archivero. Sacó una caja de cartón maltratada, la puso en el escritorio, la abrió, sacó el libro infantil y se sentó en la silla de su escritorio. Extrajo la tarjeta de presentación que un clip sostenía contra la portada del libro, la acomodó con delicadeza a un costado del escritorio y le dio tres palmaditas. Luego abrió el libro. Sonrió, suspiró y leyó el título en voz alta: *LA HISTORIA DE FERNANDO.* Pasó a la primera página y empezó a leer el libro ilustrado en voz baja:

Esta es la historia de cómo Fernando se convirtió en mi mejor amigo. Fernando tiene todas las cualidades que uno podría querer en un amigo. Tiene buenos modales, habla muchos idiomas, como español e inglés, y sólo se le puede describir como el más galán. El cabello de Fernando resplandece como una fresca noche de invierno y sus ojos emiten destellos de inteligencia e ingenio.

Fernando tiene un único defecto. Cuando Fernando queda atrapado bajo la lluvia... ¿cómo explicarlo sin ser ofensivo? Cuando Fernando se moja, ¡apesta! Y no es un olorcito sutil. ¡Apesta muchísimo!

Quizá te preguntes por qué apesta cuando se moja. Muy buena pregunta. Verás: Fernando es un animal peludo. Desde que nació en las colinas del San Fernando Valley, era miembro de la familia de las comadrejas. Para ser más específico, Fernando es un hurón. En inglés, un ferret.

Quizá estés arrugando la nariz o meneando la cabeza ahora que sabes que Fernando es un hurón. Y quizá también sepas que es ilegal tener un hurón como mascota en California (y en Hawái, por cierto). Es verdad que los hurones no tienen la misma reputación de ser tiernos que tienen los cachorritos y los gatitos bebé. Sin embargo, son criaturas hermosas. La mayoría tienen un exuberante pelaje color crema, con mechones oscuros en los pies y la cola, y un antifaz de pelo oscuro alrededor de los ojos. Pero bueno, nada de esto importa porque no tengo permitido tener mascotas. Has de saber que soy un insecto conocido como escarabajo. Me llamo Betty. Mucho gusto.

Mi historia comenzó un año antes de conocer a Fernando. Fue ahí cuando Fernando nació en el San Fernando Valley, en la gran ciudad conocida como Los Ángeles, en el estado de California. La noche en la que

Fernando llegó a este mundo sólo se puede describir como una velada cálida y traicionera, pues el viento caliente sopló sin cesar. A vientos como estos los científicos les llaman vientos de Santa Ana, pero mucha gente simplifica y les dice santanas o vientos del diablo, dado que son muy calurosos y porque ocurren cosas extrañas cuando soplan por el Valley.

La noche en que Fernando nació, la luna brilló por todo lo alto sobre los árboles, los arbustos y las colinas en que Isabel y Miguel, los padres de Fernando, se guarecían para intentar protegerse del calor. Hacía tanto calor que los grillos preferían guardar silencio y las polillas no podían hacer más que retozar y soñar con noches más frescas.

—¿Qué nombre le pondremos? —preguntó Isabel.

—Hm —pensó Miguel—. ¿No quedamos en que le pondríamos el nombre de mi abuelo a alguno de nuestros hijos varones?

—Así es —contestó Isabel.

—Entonces ya está decidido, ¿no?

Isabel miró a su recién nacido.

—Sí, está decidido. Se llamará Fernando.

En ese instante, Fernando profirió un gemidito.

—¡Ja! —exclamó Miguel entre risas—. ¡Ya sabe cómo se llama!

—Sí, ya sabe —dijo Isabel—. Es nuestro Fernandito.

Isabel y Miguel eran excelentes padres, como la mayoría de los hurones. Y, dado que eran como eran, le enseñaron al pequeño Fernando todo lo que un joven hurón necesitaba aprender. Dicho de otro modo, Isabel y Miguel le enseñaron a cazar. Las lecciones de cacería iniciaron justo antes de su primer cumpleaños. Al principio, Fernando creyó que se trataba de un juego. Se reía y sonreía mientras su padre le enseñaba cómo retorcerse y apuntar la nariz para captar un aroma.

—Lo primero que todo hurón debe aprender es cómo apuntar la nariz hacia el viento para percibir un aroma —le explicó Miguel a su hijo.

Entonces Miguel alzó su elegante nariz, cerró los ojos e inhaló la cálida brisa veraniega. Fernando mantuvo la mordaz mirada clavada en su papá y agitó la naricita al enfocarse en la lección. Aunque Miguel nunca abrió los ojos, se dio cuenta de que Fernando observó en silencio cada uno de sus movimientos.

—¿Cuál es la palabra mágica que todo hurón debe recordar? —le preguntó Miguel mientras fruncía la naricita de arriba abajo.

—¿Gracias? —contestó Fernando después de pensarlo un instante.

—No.

—¿Por favor?

—Tampoco —dijo Miguel—. Además, esas son dos palabras.

—Ah —dijo Fernando.

—Estoy hablando de cacería, no de buenos modales —le explicó Miguel.

—Sí, papá —contestó Fernando, un poco avergonzado. Si los hurones pudieran sonrojarse, Fernando se hubiera puesto del color de un jitomate.

Miguel empezó a impacientarse un poco.

—La palabra mágica es «paciencia».

—¡Ah, sí! —Fernando sonrió, mostrando sus dientecitos afilados—. ¡Paciencia!

—No lo olvides —dijo Miguel mientras alzaba nuevamente la nariz hacia la brisa. En ese instante, yo pasé caminando por encima de la pata izquierda de Fernando.

—¡Ay, hola! —me dijo Fernando.

Me sobresalté, pero no porque Fernando me diera miedo, sino porque no creía que un hurón pudiera hablar a la perfección la lengua de los escarabajos.

—Hola —contesté una vez que me recuperé de la sorpresa—. Hablas muy bien la lengua de los escarabajos.

—Gracias —contestó Fernando y me acercó la nariz—. Me gusta aprender varios idiomas. Supongo que tengo eso a lo que le llaman un don.

—Sin duda es un gran don —señalé.

—Gracias —dijo Fernando.

De pronto, Miguel se dio cuenta de que su estudiante se había distraído. Abrió el ojo izquierdo y vio a Fernando conversando con la mirada puesta en el piso.

—¡Fernando! ¿Por qué haces tantos ruidos raros mientras miras el suelo? —le preguntó Miguel mientras abría el otro ojo y bajaba el morro.

—Estoy hablando con un escarabajo, papá.

Miguel meneó la cabeza con expresión incrédula.

—¿Cómo se te ocurre hacer algo así?

—Bueno, papá, es que me gusta hablar con distintas criaturas —contestó Fernando con una sonrisa—. Son interesantes. —Fernando volteó a verme de nuevo—. ¿Cómo te llamas, por cierto?

—Betty —contesté.

El padre de Fernando se impacientó aún más.

—¿Interesantes? —preguntó—. ¿Qué tiene de interesante un bicho?

—Ese es el punto —contestó Fernando—. Los escarabajos son distintos a las moscas, las mariquitas, los mosquitos, las mariposas, las orugas, las polillas y las abejas.

—Está bien, Fernando. De acuerdo —dijo Miguel entre risas—. Creo que ya entendí. Cómetelo y sigamos con la lección.

En ese instante pegué un brinco.

—¿Qué dijo?

—No te preocupes —me susurró Fernando—. Nunca me comería a alguien que ya me dijo su nombre. Cuando te guiñe el ojo, brincas hacia el agujerito que está detrás de ti.

—¿Y bien? —preguntó el padre de Fernando con impaciencia.

Fernando alzó la cara.

—Sí, ahorita me lo como. ¡Se ve delicioso! —anunció en voz alta. Aunque yo sabía que no iba a comerme, *ese último comentario me puso un poco nerviosa. En ese instante, Fernando me guiñó un ojo. Tal como acordamos, brinqué al agujerito para que el padre de Fernando me perdiera de vista. Fernando bajó la cabeza, pasó saliva y se relamió los labios—. ¡Qué rico! —exclamó—. ¡Estuvo delicioso!*

—Bien hecho —le dijo su padre—. Ahora, sigamos adelante.

Fernando volvió a guiñarme el ojo y me susurró:

—Luego nos vemos, Betty.

—Sí, nos vemos después —le susurré en respuesta.

Así fue como Fernando y yo nos hicimos amigos. Los amigos vienen en todos los tamaños, formas y colores, ¿no crees? Pero ese no es el final de la historia. ¡Para nada! Hay otra cosa que debo contarte.

Poco después, Miguel, el padre de Fernando, supuso que su hijo ya sabía todo lo que un hurón debe saber para poder cazar su comida. Por lo tanto, dejaba que saliera solo y fuera a buscar algo de comer. En esas ocasiones, Fernando y yo nos veíamos y jugábamos.

Un día, me encontraba reposando en la cálida tierra, esperando a Fernando. Las flores silvestres acababan de florecer, y las había amarillas, púrpuras y rojas. Una familia de codornices pasó corriendo mientras las esponjosas nubes blancas recorrían el brillante cielo azul. De pronto escuché que Fernando me llamaba. Estaba hablando la lengua de los escarabajos a la perfección. Alcé la mirada y lo vi parado junto a una montaña de piedras.

—¡Fernando! —exclamé con mucho entusiasmo. No obstante, él no me oyó. De pronto, el suelo se empezó a agitar y a rugir, y pensé para mis adentros que un animal de gran tamaño debía estar dando pisotones cerca de nosotros. Luego entendí que no era un animal. ¡Era un terremoto! Entonces me di cuenta de que la montaña de piedras junto a la que estaba Fernando se empezó a tambalear. ¡El terremoto estaba moviendo las piedras! Parecía que iban a caerse, ¡y Fernando no se había dado cuenta de nada!—. ¡Temblor! —grité. Esta vez, Fernando sí me escuchó. Corrió hacia mí mientras la montaña de rocas se derrumbaba y caía donde él había estado parado. Fernando aceleró el paso hasta llegar a donde yo estaba—. ¿Estás bien? —le pregunté.

Venía sin aliento.

—Sí, estoy bien —dijo al fin.

—¡Ay, qué bueno!

—Soy muy afortunado de ser tu amigo —me dijo.

¿Mi historia con Fernando tiene alguna moraleja? No lo sé. Lo único que sé es que es un amigo maravilloso aunque seamos tan distintos. Y ¿no crees que el mundo sería muy aburrido si todos fuéramos iguales? Yo sí lo creo. ¿Tú qué opinas?

El hombre había leído ese libro al menos unas cien veces desde su reanimación. Había encontrado la caja de cartón maltratada junto con las ínfimas pertenencias que le concedió el gobierno en la casa de transición en la que vivió antes de obtener su primer trabajo y tener dinero suficiente para rentar un departamento. Cada vez que lo leía, escuchaba la voz dulce de una anciana con un acento similar al de la madre de Faustina. Pero el hombre no reconocía esa voz... no sabía de quién era.

Miró entonces la portadilla del libro. Bajo el título estaba el nombre de FERNANDO OCHOA en mayúsculas, escrito con crayolas verdes y rojas, intercaladas. Dibujó cada una de las letras con el índice derecho. Luego cerró el libro, examinó la portada una vez más para apreciar el dibujo colorido del huroncito sonriente con su amiga, la escarabajo, y con cuidado lo guardó de nuevo en la caja de cartón, la cerró y la puso sobre el escritorio, en lugar de guardarla de nuevo en el cajón del archivero. Entonces tocó la tarjeta de presentación como para asegurarse de que siguiera ahí. El hombre sacó su teléfono y miró el horario del vuelo de Faustina el día siguiente. Sabía que debía explicarle su plan en persona, no por mensaje ni por teléfono. Sin embargo, Faustina debía prepararse para su testimonio, así que el hombre tendría que esperar hasta la noche del día siguiente, cuando hubiera vuelto. El hombre apagó la lámpara del escritorio con un ruidoso clic.

CAPÍTULO QUICE

El hombre cerró la puerta de su departamento y se adentró en el frío vespertino. Estiró las piernas y dibujó tres círculos con los brazos en el sentido de las manecillas del reloj. Inhaló profundamente, se puso la sudadera y emprendió su habitual carrera nocturna. Giró a la izquierda en Hurlbut Street hacia Pasadena Avenue, y luego giró de nuevo a la izquierda. Estiró las piernas dando largas zancadas mientras sus músculos entraban en calor. Se concentró en su respiración. Imaginó el hermoso rostro de Faustina y se preguntó cómo reaccionaría cuando le pidiera aquello. ¿Se iría, furiosa? ¿Sonreiría y le diría que sí, que por supuesto, que cómo podría dudar de ella? ¿O guardaría silencio y miraría fijamente al hombre que se había atrevido a pedirle algo sumamente descabellado?

NBC NIGHTLY NEWS SATURDAY CON JOSÉ DÍAZ-BALART

JOSÉ DÍAZ-BALART: En otras noticias, temprano por la mañana el FBI allanó las oficinas centrales de la empresa de reanimación más grande de Oxnard, California, confiscando computadoras, discos duros y expedientes un mes después de que la presidenta Cadwallader ordenara formalmente la clausura de esta industria, pero permitiendo el reúso de la tecnología de la misma. Vamos en directo con la corresponsal Emilie Ikeda, quien sigue la historia desde Oxnard. Adelante, Emilie.

EMILIE IKEDA: Buenas noches, José.

JOSÉ DÍAZ-BALART: ¿Qué nos puedes contar sobre la redada del FBI?

EMILIE IKEDA: Bueno, José, las cosas en Industrias Clerval, aquí en Oxnard, están bastante tranquilas. Pero como verás en la cinta de la grabación tomada en la mañana, el FBI fue veloz y exhaustivo. Me acompaña la presidenta y CEO de Clerval, Akilah Hosseini, quien accedió a contestar algunas preguntas. Señora Hosseini, ¿por qué el FBI allanaría sus instalaciones? ¿Cree que haya un trasfondo político?

AKILAH HOSSEINI: Gracias, Emilie. En Industrias Clerval siempre seguimos los protocolos cuando la reanimación era legal, y actualmente estamos cumpliendo con la nueva ley, deteniendo nuestro programa de reanimación. Estamos usando nuestra tecnología para otros tratamientos médicos, como lo son los trasplantes quirúrgicos múltiples.

EMILIE IKEDA: Pero ¿cómo justifica el FBI la redada?

AKILAH HOSSEINI: Bueno, al comienzo del programa de reanimación hubo ciertas infracciones protocolarias, lo cual ocurrió en toda la industria, pero Industrias Clerval se apresuró a implementar las mejores prácticas posibles para prevenir infracciones adicionales y enmendar las anteriores, siempre que fuera posible.

EMILIE IKEDA: ¿Qué tipo de infracciones hubo?

AKILAH HOSSEINI: Bueno, la más común implicó que uno que otro empleado contactara a los sujetos reanimados después de su reanimación y les compartieran información personal sobre sus vidas previas. Ese tipo de cosas. Lo hacían con buenas intenciones, pero iba en contra del protocolo. No obstante, nos apresuramos a implementar un sistema infalible que impidió que esto volviera a ocurrir. En fechas recientes no ha habido reportes de ese tipo de infracciones.

EMILIE IKEDA: Entonces, ¿por qué el FBI se involucró hasta ahora?

AKILAH HOSSEINI: Odio decirlo, pero creo que lo hizo con fines políticos. Con las elecciones encima, creo que la redada está pensada para atraer a los medios y defender una postura política. No es justo para nuestros empleados que trabajaron tan arduamente bajo la ley pasada y que ahora se están reajustando bajo la actual prohibición de la reanimación. Incluso después de haber reutilizado nuestra tecnología luego de la prohibición, hemos tenido que reducir nuestra fuerza laboral para ser más eficientes y ajustarnos a las nuevas circunstancias. Sin embargo, con el tiempo y conforme hagamos otros avances, podremos volver a crecer.

EMILIE IKEDA: ¿Qué planean hacer ahora?

AKILAH HOSSEINI: Seguiremos cooperando con el FBI porque no tenemos nada que esconder. Y si identificamos alguna otra infracción, lidiaremos con ella de forma adecuada y con presteza.

EMILIE IKEDA: Muchas gracias, señora Hosseini. José, volvemos al estudio.

JOSÉ DÍAZ-BALART: Gracias, Emilie. Es un reporte muy interesante. Seguiremos compartiendo conforme se desarrolle la historia.

CAPÍTULO DIECISÉIS

El hombre entró al Walgreens y caminó hacia el fondo de la tienda. Sintió alivio al ver que en la fila estaba solamente una madre con su hija. El hombre las había visto antes en la farmacia, así que les sonrió. Ellas le devolvieron la sonrisa. Cuando el hombre tomó su lugar en la fila tras de ellas, la niña, de unos once o doce años, le habló a su madre en español. El hombre escuchó atento, complacido con la gentileza de la niña, quien le aseguraba a su madre que el farmacéutico tendría una solución para su reacción alérgica al medicamento. La madre decía que necesitaba la medicina para el corazón, y que temía que el farmacéutico le prohibiera continuar tomándola. En ese momento, el farmacéutico gritó: «¡Siguiente!», y ambas se acercaron a él. La niña enseguida tomó el control de la conversación.

—Mi madre está tomando este medicamento —dijo, mientras le entregaba al farmacéutico un botecito de plástico—. Lo toma para su corazón, pero está haciendo que se le inflamen las muñecas y los tobillos. Le es muy incómodo.

El farmacéutico sonrió y examinó el botecito. Mientras el farmacéutico formulaba su opinión, el hombre alzó la mirada hacia las luces fluorescentes que parpadeaban de forma casi imperceptible, pero incesante. Contó las placas del techo alrededor de luz rectangular. *Una, dos, tres, cuatro, cinco, seis, siete, ocho, nueve, diez.* Una decena exacta. Tres a los costados largos del rectángulo y dos en cada extremo angosto. Los mismos que la última vez, por supuesto. El hombre parpadeó y bajó la mirada hacia la madre y la niña, justo cuando el farmacéutico le devolvía el botecito y le decía con una sonrisa:

—Dile a tu mamá que no se preocupe, su doctor seguramente le cambiará la dosis. Sólo hay que llamarle cuando vuelvas a casa para comenzar el proceso.

—Gracias —dijo la niña. La madre sonrió y con una mirada de alivio asintió con la cabeza en dirección al farmacéutico. Juntas se dirigieron hacia la salida. «¡Siguiente!», dijo el farmacéutico.

El hombre se acercó al mostrador y por primera vez vio la calabaza decorada para Halloween llena de Tootsie Rolls. Dirigiéndose al farmacéutico, dio su nombre y pidió la segunda mitad de sus medicinas. El farmacéutico asintió y fue a los contenedores a buscar el medicamento prescrito. El hombre los contó: seis columnas de contenedores, recorriendo el largo de la farmacia. Cada columna tenía cinco contenedores apilados uno encima de otro, llegando desde el piso hasta el techo. Treinta en total. Los mismos que en su última visita. El farmacéutico volvió al mostrador con las manos vacías, tecleó algo en su computadora y negó con la cabeza. La mano izquierda del hombre tembló y el sudor comenzó a escurrir por su frente y el labio superior.

—Lo siento muchísimo —dijo el farmacéutico—. Sigue habiendo escasez de este medicamento. Como le dije la vez pasada, es por la ley que ratificó la presidente. Ya sabe, acaparamiento y falta de suministro. Simplemente no tenemos nada en almacén.

—Pero solamente me diste la mitad de la dosis que me corresponde la última vez y necesito la otra mitad —respondió el hombre—. Me dijiste que en una o dos semanas se les olvidaría todo y el suministro volvería a la normalidad. Esas fueron tus palabras exactas. Se me está acabando el medicamento.

El farmacéutico bajó la vista hacia el mostrador. El hombre esperó su respuesta.

—No debería decirle esto —comenzó, con la mirada clavada en una mancha de tinta sobre el mostrador—. Pero creo que debe considerar otras alternativas en lo que libera el suministro.

El hombre cambió su peso de un pie al otro.

—¿Otras alternativas?

—Hay cierto miedo, completamente sin fundamento, en mi opinión, de que dejarán de hacer esta medicina —dijo el farmacéutico mientras levantaba la vista para mirar al hombre—. Aunque estoy seguro de que esto pasará en unas semanas. Justo como lo que pasó con el papel de baño, la harina, el agua embotellada, la carne y esas cosas al principio de la pandemia, ¿recuerda?

El hombre no recordaba porque la pandemia había sucedido antes de su reanimación, pero asintió porque había leído sobre el acaparamiento, que curiosamente no tenía relación alguna con los problemas de suministro.

—¿Qué alternativas tengo?

—Hasta que esto se solucione —dijo el farmacéutico—, podría racionar su medicamento. Ya sabe, cortar sus pastillas por la mitad, sólo para que no se quede sin nada de la noche a la mañana.

El hombre asintió. Había cierta lógica en esa solución.

—Y como le dije la vez pasada, seguramente habrá un genérico pronto —dijo el farmacéutico—. Y lo bueno es que no tiene que pagar nada hasta que llegue el resto de su medicina.

—Ok, está bien. Consideraré la alternativa. Gracias.

—Por nad —dijo el farmacéutico—. Eso sí, hay una alternativa que no le sugiero para nada.

—¿Cuál?

—No compre cosas por internet. No se imagina la cantidad de vendedores sin escrúpulos que venden medicamentos falsos. Vi una historia terrible en las noticias hace unas noches. Créame, no quiere tomar ese riesgo.

El hombre asintió y miró al farmacéutico. El farmacéutico sonrió y dijo: «¡Siguiente!». El hombre dio media vuelta y se dirigió a la salida. Evitó hacer contacto visual con otros clientes y apresuró el paso. Sintió su garganta cerrarse y tomó una bocanada grande de aire fresco al salir de la tienda.

El hombre buscó su coche y entró. Cerró los ojos y se frotó las sienes. El hombre pensó en lo que había sugerido el farmacéutico sobre partir sus pastillas por la mitad. Eso tendría que ser suficiente por ahora. El hombre abrió los ojos y parpadeó. Okay, se dijo. Eso es lo que haré. Cerró los ojos de nuevo y pensó en el hermoso rostro de Faustina hasta que se le tranquilizó la respiración. Su gesto fruncido se disolvió en una sonrisa. Tres minutos más tarde, el hombre abrió los ojos, arrancó el auto, lo puso en reversa despacio y cautelosamente se dirigió a la salida del estacionamiento.

CAPÍTULO DIECISIETE

Arthur Page Brown diseñó el Ferry Building de San Francisco en 1892. El joven arquitecto de origen neoyorquino no vivió lo suficiente como para ver materializado su extraordinario diseño. A dos años de la inauguración del Ferry Building en 1898, Brown falleció en su casa de Burlingame a causa de las heridas letales que sufrió durante un accidente en el que el caballo que jalaba su carruaje se desbocó. Tenía treinta y siete años. Le sobrevivieron su esposa, Lucy, y tres hijos. Lucy y sus seis hermanos eran hijos de Sara Agnes Rice Pryor y Roger Atkinson Pryor, originarios de Petersburg, Virginia. Roger había sido general del ejército confederado, pero después de la Guerra Civil quiso iniciar una nueva vida con su familia en la ciudad de Nueva York. Roger prosperó como abogado y, con el tiempo, incluso se involucró activamente en el Partido Demócrata. Su trabajo arduo y sus vínculos políticos culminaron en su nombramiento como juez de la Suprema Corte del Estado de Nueva York. Roger fue uno de los pocos sureños influyentes que se mudaron al norte y fueron conocidos como los «oportunistas confederados», aunque hubiera renegado de la Confederación. Sara Agnes, su esposa, también contribuyó al tejido social e intelectual de la ciudad al involucrarse de forma activa en cuestiones cívicas, fundar varias organizaciones de patrimonio cultural y escribir novelas, relatos históricos y autobiografías. Su primera autobiografía, *Reminiscences of Peace and War*, fue extraordinariamente bien recibida por la organización United Daughters of the Confederacy, la cual fomentaba la producción de escritoras del sur que defendieran la causa regional. Sara Agnes promovía la idea de que la Guerra Civil no tenía nada que ver con la esclavitud, sino que el soldado sureño promedio luchaba para defenderse de la invasión del norte. Falleció en 1912, a la edad de ochenta y un años, siete años antes que su esposo.

El Ferry Building fue la segunda terminal de transporte más concurrida del mundo (sólo después de Charing Cross, en Londres) hasta la década de 1930, cuando se completó la construcción del Bay Bridge y el Golden Gate. Esta extraordinaria estructura resistió décadas de deterioro, hasta que fue convertido en un mercadillo de comida de clase mundial y el hogar de Book Passage, una de las librerías favoritas de Faustina en el Bay Area. Cuando era estudiante de Leyes en University of San Francisco School of Law, huía de los estudios legales perdiéndose en la amplia colección de novelas y cuentos de la librería. A unos pasos de Book Passage estaba el restaurante Cholita Linda, donde Faustina siempre ordenaba un delicioso plato de picadillo y un vaso de agua fresca. Se perdía durante horas en su libro nuevo y en el lento deleite de la comida y la bebida que le recordaban a su hogar. Tarde o temprano volvía a su departamento y se enfocaba en estudiar Leyes, sintiéndose renovada y más íntegra gracias a su visita al Ferry Building, cuya historia desconocía.

El día de hoy, trece años después de haberse graduado de la Facultad de Derecho y después de haber presentado un testimonio que terminó antes de lo esperado y de una forma más agradable de lo que creía (pues el abogado opositor sugirió que discutieran las opciones de conciliación cuanto antes), Faustina ordenó su platillo favorito, picadillo, pero esta vez lo acompañó con una Negra Modelo y no con un agua fresca, pues se había ganado el privilegio de una buena cerveza con su comida. Puesto que estaba aullando de hambre, había dejado para después su tradicional visita a la librería. Sin embargo, se prometió que iría a Book Passage una vez que hubiera recobrado fuerzas, para buscar un libro ideal que la entretuviera en el Lyft, en el aeropuerto y en el vuelo de regreso a casa. Por lo pronto, Faustina disfrutaría la comida, la bebida y el bullicio de los comensales que almorzaban ahí.

Al igual que cuando era estudiante, ese sencillo platillo de carne de res molida con pimiento verde, jitomate y cebolla, acompañado de arroz y frijoles bayos, la transportó a su infancia en Los Ángeles, donde su madre alargaba su apretado presupuesto para alimentar a tres hijas: Carolina, Belén y la menor, Faustina. El presupuesto no estaba limitado por falta de empleo, pues

Verónica era maestra de primer grado en Saint Thomas the Apostle Grammar School, en donde sus tres hijas estaban inscritas para aprovechar el descuento que les hacían en la colegiatura. Su padre, Agustín, tenía un buen trabajo sindicalizado como mecánico del Metro; era líder de su equipo, y su trabajo consistía en mantener funcionando en buen estado el inmenso sistema de autobuses de transporte público de Los Ángeles. Sin embargo, la vida era costosa. Entre la hipoteca de su casita, la ropa, la comida, los seguros, el coche y todo lo demás, su presupuesto estaba muy limitado. El picadillo de su madre y otras recetas económicas, como los chilaquiles, contribuían a que el dinero rindiera. Y aquella frugalidad le ayudó a la familia cuando las tres hijas Godínez se fueron a la universidad y, en el caso de Faustina, a la Escuela de Leyes. En cierto modo, el éxito de Faustina dependía de platillos mexicanos simples, deliciosos y frugales.

—¡Fausti! —gritó una voz. El deleite de Faustina se derrumbó por culpa de la estridente voz masculina que se alzó por encima de los comensales. Sólo una persona en el mundo la llamaba Fausti. Alzó la mirada del picadillo y la cerveza. Nicolás se estaba abriendo paso entre los comensales hambrientos hasta que logró encontrar un hueco y hacerse espacio cerca de la mesa de Faustina. Ella no se puso de pie para saludar a su exmarido. Simplemente lo miró desde abajo, asintió y esperó.

—¡Qué sorpresa verte en la ciudad! —dijo Nicolás con voz alegre, a pesar de la expresión hostil de Faustina.

—Hola, Nick —dijo Faustina. Sabía que su exmarido detestaba que le dijeran Nick, tanto como ella detestaba que le dijeran Fausti.

—¿Me dejas sentarme contigo? —dijo Nicolás mientras se dejaba caer en la silla de enfrente.

—Estás en tu casa.

—¡Qué bien se ve eso! Tal vez deba pedirme un plato.

—Ya casi termino —dijo Faustina y alzó el tenedor para llevarse a la boca una porción de arroz mezclado con frijoles—. La fila es tan larga que, cuando al fin esté lista tu orden, tendré rato de haberme ido.

—Buen punto. Almorzaré después. No todos los días me encuentro a mi hermosa exesposa.

Faustina no pudo disimular su disgusto. Permanecieron en silencio mientras ella seguía comiendo.

—¿Cómo está Delia? —preguntó Faustina después de un rato.

—Ah, de maravilla —contestó Nicolás—. O eso creo.

—¿Eso crees? ¿No sabes cómo está tu esposa?

—Exesposa —le explicó—. Hace casi seis meses que concluimos el divorcio.

—¿Así que ahora tienes dos exesposas? —dijo Faustina, intentando contener una sonrisa burlona sin mucho éxito.

—Pero todo está bien. De maravilla —dijo Nicolás, de forma casi convincente—. Seguí tu consejo.

—¿Cuál consejo?

—Ya sabes... encontré mi camino profesional, por fin, después de andar brincando entre trabajos.

—Nick, nos divorciamos hace diez años.

—Sí, pero...

—¿Te hizo falta una década y otra exesposa para hacerme caso?

—Bueno, si lo pones así parece que soy un perdedor, pero ¡en serio lo hice!

—¿Qué hiciste?

—Me inscribí al programa de auxiliares jurídicos de Cal State East Bay.

Faustina soltó una risa.

—¡Vaya! Pues qué bien por ti, Nick.

—Sé que no es lo mismo que estudiar Derecho, como tú...

—No, pero es una profesión de verdad, a diferencia de tus otros «proyectos». Algunos de los que eran muy sospechosos, para ser sincera.

Nicolás asintió.

—Siempre fuiste honesta conmigo.

—¿Y no te contagié mi honestidad?

—Ay, qué cruel —dijo Nicolás—. El pasado ya fue. He madurado.

—¿Por eso ahora tienes dos exesposas?

—Insisto: eres muy cruel.

Faustina le dio un gran sorbo a su cerveza.

—Bueno, ya. Felicidades por tu nuevo comienzo. Espero que todo vaya bien y que te guste ser auxiliar jurídico.

—¿Lo dices en serio?

—Nunca miento —dijo Faustina—. Y lo sabes.

—Sí, lo sé —contestó Nicolás—. Si algo me queda claro es que tu sinceridad es inquebrantable.

—No te vendría mal intentarlo alguna vez. Quizá hasta te agrade.

⁂

El avión de Faustina aterrizó en LAX a las 7:46 p.m. Aunque fue un vuelo relativamente corto, se sintió aún más breve porque había ido a Book Passage después de que Nicolás la dejara terminar su almuerzo en paz y compró una antología de cuentos de Yxta Maya Murray publicada hacía unos años: *The World Doesn't Work that Way, but It Could*. Se había sumergido tanto en el humor mordaz, el comentario social satírico y la hermosa prosa que el vuelo de una hora terminó antes de que se diera cuenta. Le maravillaba que una académica especialista en Derecho como Murray pudiera haber publicado tantos libros, incluyendo novelas, cuentos y ensayos. ¡Y también era dramaturga! ¿Cómo lograba equilibrar tan bien ambas carreras? ¿Por qué Faustina no podía hacer lo mismo? Pero entonces recordó una cita de Oscar Wilde: «Sé tú mismo; los demás puestos están ocupados». No tenía sentido compararse con Murray.

En el coche de camino a casa, recordó su conversación con Nicolás. ¡Dos exesposas en diez años! Se preguntó si debió haberle advertido a Delia que Nicolás era muy ojo alegre y que tenía la habilidad de abusar de su encanto para salirse con la suya. Pero Delia era una mujer hecha y derecha; además, Faustina sospechaba que

Delia y Nicolás se habían acostado antes de que Faustina por fin tomara la decisión de disolver el matrimonio. Así que era probable que Delia supiera de primera mano que Nicolás tenía la mano larga. La basura de algunos es el tesoro de otros... y esas cosas.

Faustina entró a la cochera y se sobresaltó cuando las luces iluminaron una silueta parada en el portón. Entonces lo reconoció. El hombre estaba abrazando contra su pecho una caja de cartón maltratada. Se hizo a un lado cuando el portón del garaje se abrió para dejar pasar a Faustina. Una vez que se estacionó, Faustina abrió la puerta y bajó del auto.

—¡Me sacaste el susto de mi vida! —dijo mientras cerraba la puerta del coche y buscaba las llaves de su casa dentro de su enorme bolso negro—. No deberías hacerle eso a la gente. ¿Y si hubiera traído una pistola y te hubiera disparado?

—Pero no tienes pistolas.

—Lo sé, lo sé, pero ese no es el punto.

—Lo lamento —dijo el hombre—. Quería hablar contigo.

—¿No podía esperar a mañana?

—No —contestó el hombre—. Es demasiado importante.

—Está bien —dijo Faustina mientras abría la puerta de la casa—. Pasa, pero primero quiero quitarme el traje y ponerme algo más cómodo. Podemos tomar un trago y hablar. Pareciera que hoy mi destino es escuchar a los hombres.

CAPÍTULO DIECIOCHO

El hombre estaba sentado en un sillón orejero; las sombras lo hacían casi desaparecer, pues la única fuente de luz en la sala de Faustina era una lámpara de pie solitaria. Faustina les había servido dos copas de Riesling que puso junto a la botella en la mesa de centro hecha de cristal antes de ir a cambiarse el traje por algo más cómodo. El hombre puso la caja de cartón en la mesa de centro, tomó su copa de vino y le dio un largo sorbo. Segundos después, se había terminado el vino, pero no había soltado la copa. Resopló, tomó la botella y se sirvió una segunda copa generosa.

—Estás tomando valor —dijo Faustina al entrar a la sala, vestida con pants y una playera de Chicano Batman que tenía dibujada una enorme rosa roja, y que compró cuando los fue a ver tocar en Phoenix el año anterior. Se dejó caer sobre el sofá del otro lado de la mesa de centro. Había sido un día largo y quería un poco de espacio para sí—. ¿Qué hay en la caja?

El hombre tomó otro largo sorbo y asintió en dirección de la caja.

—Asómate, por favor.

Faustina bebió de su copa y tomó la caja. La abrió despacio y se asomó al interior. Luego miró al hombre.

—¿Un libro para niños?

—Sí.

Faustina tomó otro trago, luego metió la mano a la caja y sacó el libro. Examinó cada página y pronto quedó absorta en la historia, aunque esta era muy sencilla. Faustina no sabía qué era lo que sentía. Cuando terminó de leerlo, lo cerró y, con mucho cuidado, lo guardó de nuevo en la caja.

—¿Quién es Fernando Ochoa? —El hombre se retorció un poco en su asiento. Faustina se inclinó hacia adelante—. ¿Eras tú antes de la... eh...?

—Reanimación —susurró el hombre.

Faustina tosió, le dio otro sorbo a su vino y volvió a llenar su copa antes de responder.

—Sí, a eso me refería: antes de la reanimación.

—Creo que sí.

—¿De dónde lo sacaste?

A tropezones, el hombre le contó cómo había encontrado la maltratada caja de cartón con sus escuetas pertenencias en la vivienda de transición en la que vivió por un tiempo después de su reanimación. No obstante, no le contó a Faustina que, cada vez que leía el libro, oía en su cabeza la suave voz de una mujer con un acento similar al de la madre de Faustina. Esa voz lo acechaba.

—¿Quién crees que te lo dio? —El hombre vaciló, luego sacó de a poco la tarjeta de presentación del bolsillo de su camisa y se la dio a Faustina—. Doctor Marco

Prietto —leyó Faustina—. Industrias Clerval. Es una de las más grandes de California.

—Sí, está en Oxnard.

—«Cuando estés listo» —leyó Faustina—. ¿Listo para qué?

—Creo que se refiere a cuando esté listo para saber más. Sobre mí.

Faustina le devolvió la tarjeta al hombre, que la estudió de nuevo antes de guardársela de nuevo en el bolsillo.

—¿Y lo estás?

El hombre tomó un trago más, asentó su copa y volvió a sentarse. Dejó escapar un pequeño suspiro con la mirada fija en la caja de cartón, y habló con voz amable, pero decidida:

—Desde mi reanimación, he vivido en una bruma. Sé cómo hacer las cosas. Leo libros. Trabajo en un despacho. Pago mis deudas y mis impuestos; voy al supermercado y puedo prepararme la comida, nada muy elegante, pero es comida... sé manejar, limpio mi departamento, me rasuro y tomo mis medicinas. Hago todo lo que casi toda la gente puede hacer. No soy un hombre tonto. Y tengo sentimientos. O algo por el estilo. Son sentimientos que no me parecen del todo completos. Son sombras de sentimientos. Recuerdos de sentimientos. Pero son sentimientos, al final; estoy seguro de ello. No obstante, no sé de dónde vino nada de eso, nada de mí. No tengo idea de qué significa ser yo. Siento que soy un hombre a medias. ¿Puedes entenderlo?

—El hombre pasó la mirada de la caja a Faustina antes de continuar—. ¿Sabes qué es lo que se siente no tener sentido de por qué eres como eres? ¿No tener recuerdo o conocimiento de tu origen? No tengo familia. Pero sé que tuve una familia... creo. Ese libro para niños me dice que alguien se preocupó por mí, me quiso, tal vez. ¿Ese alguien fue una madre? ¿Un padre? ¿Quizá un hermano o hermana? ¿Tienes idea de lo que eso le hace a una persona? Sé lo que me ha hecho a mí. Me ha dejado vacío. Supongo que nunca sabré si ya era así antes de la reanimación. Tal vez siempre fui un hombre hueco. No lo creo. Sí creo que esto me ha hecho cerrarme de cierto modo, no participar del todo en la vida. Sólo vivo día a día. O así vivía, hasta que te conocí, Faustina. Creaste en mí una necesidad o deseo, o no sé qué, pero algo despertó o revivió dentro de mí, querer saber... saber... saber de dónde vengo. Porque, si puedo hacer eso... si puedo hacer eso... si puedo saber eso... tal vez podría descubrir quién soy o quién fui. ¿Tiene sentido eso, Faustina? No sé qué es lo que siento por ti porque estoy roto por dentro. Pero sé que me siento bien cuando estoy contigo. Sé que he disfrutado conocer a tu familia. Me agradan tus amigos. Pero necesito algo propio, como lo que tienes tú, Faustina. Estoy perdido. No sé qué más hacer, salvo llamar al doctor y oír lo que tenga que decirme. Aunque podría no gustarme lo que escuche. Tengo miedo. Ese sentimiento es real y está completo. Tengo miedo. Tengo miedo. El doctor podría decirme cosas horribles. Pero necesito saber, incluso si llego a arrepentirme de lo que descubra. ¿Tiene sentido eso, Faustina? Por favor dime si tiene sentido.

Se quedaron en silencio un largo rato. El hombre podía oír el delicado tictac del viejo reloj de caoba sobre la chimenea. Al fin, Faustina asintió.

—Creo que sí —comenzó a decir—. Creo que sí. Y a mí me gusta estar contigo. Así que tenemos eso, ¿no? No tiene nada de malo que a dos personas les guste estar juntas. Eso es algo que las personas, reanimadas o no, pueden apreciar y valorar. ¿Cierto? Y sé que quieres más que eso, que quieres algo que te diga más sobre ti. Lo entiendo... sí... está bien, puedo decir que lo entiendo. Pero...

—¿Qué?

—¿Qué quieres de mí?

El hombre asintió.

—Si voy a ver a este doctor, ¿estarías dispuesta a venir conmigo?

Faustina se puso de pie, tomó su copa y se alejó del hombre, hacia el otro lado de la habitación, entre las sombras. Tomó un largo trago y se cruzó de brazos.

—No es poca cosa lo que me pides —dijo Faustina con voz suave, sin ira o rencor—. Y no lo digo por hacerte sentir mal. Sólo digo lo que siento, nada más.

—Quisiera poder decir que lo entiendo —respondió el hombre—. Pero no sé cuál sería la respuesta normal. No sé si la persona que era antes de la reanimación te pediría lo mismo.

—Ah, pero esa es la cosa, ¿no? Si tú fueras el que eras antes de la reanimación, no tendrías una caja de cartón con un libro para niños y la tarjeta de presentación de un doctor que podría contarte tu historia, decirte quién eras y de dónde vienes. —El hombre asintió—. Así que no nos preocupemos por los asuntos hipotéticos —continuó Faustina—. En el aquí y el ahora, lo que me pides es muchísimo; sería muchísimo para cualquiera. Mira, me agradas, sí, pero tenemos semanas de conocernos, no años; no vivimos juntos, y mucho menos estamos casados. Hacemos clic, por alguna razón. Me gustas, sí. Así que no te culpo por pedírmelo. Supongo que yo haría lo mismo si estuviera en tus zapatos. —Le dio un largo trago a su vino—. No me lo tomes a mal, ¿sí? Sólo estoy intentando procesarlo. Esto es tan nuevo para mí como para ti. ¿Lo entiendes?

—Entiendo —dijo el hombre. Se tomó las últimas gotas de vino y se levantó del sillón—. Puedo irme ya.

Faustina salió de entre las sombras y se paró junto a la lámpara.

—No, lo mejor sería que te quedaras. Has estado bebiendo y aún queda algo de vino en la botella. No podemos dejar que se desperdicie, ¿o sí? —Sonrió.

—Argumentos muy válidos —dijo el hombre, reciprocando la sonrisa.

—Porque soy una abogada fantástica —dijo Faustina. Tomó la botella y sirvió el vino restante en las dos copas—. Y acepto que estoy molesta, muy molesta, tal vez enojada contigo. ¿Qué más da? Tal vez esta sea nuestra primera pelea real.

—¿Eso es algo bueno?

—Pues es algo. —Se quedaron en silencio. Faustina luego se rio un poco y levantó su copa para brindar—. Por pedirle demasiado a tu nueva chica.

El hombre alzó la copa y la chocó con la de Faustina.

—¿Y ahora qué?

—Bebemos y tal vez lleguemos al sexo de reconciliación, porque, como sabes, tuvimos una pequeña discusión, ¿no es así? Y deberíamos hablar más, por supuesto. Porque en este momento estoy demasiado cansada como para darte una respuesta.

—Hecho —dijo el hombre—. Y gracias.

—De nada —respondió Faustina—. No te prometo nada. Pero estoy dispuesta a discutirlo. Te has hecho de un lugar en mi corazón, aunque me hayas sacado de mis casillas.

El hombre se rio por lo bajo.

—Es lo más lindo que me han dicho en la vida.

—Ay, muchacho —dijo Faustina, acercándose cada vez más a él—. Tienes que salir más.

CAPÍTULO DIECINUEVE

El hombre no salió a correr esa noche. Durmió en la cama de Faustina, acurrucado detrás de ella después de haber hecho el amor. Sus suaves ronquidos llenaban la habitación. Conforme fue avanzando la noche, las piernas del hombre se comenzaron a sacudir, y de su boca salió un ruido que parecía un intento de grito.

TRANSCRIPCIÓN DE REUNIÓN EN LA OFICINA OVAL, 29 DE OCTUBRE, 9:45 A.M.

Sesión informativa de la presidenta con su equipo de comunicaciones: B. Eskandari; M. Van Gelderen; T. Lundgren; J. Toma

POTUS: ¿Cómo vamos?

ESKANDARI: En la encuesta genérica, Trafalgar nos tiene delante por seis puntos al día de hoy. Rasmussen nos da una ventaja de cinco.

POTUS: Bien. Sin sorpresas. ¿Qué hay de las encuestas de verdad? ¿Qué dicen ABC y el *Washington Post*? ¿Quinnipiac?

ESKANDARI: Aún no hay datos nuevos de Quinnipiac, pero hace tres días nos tenían adelante por tres puntos y en una tendencia ascendente. ABC y el *Post* nos colocaron tres puntos arriba esta mañana.

VAN GELDEREN: Sí, tendencias ascendentes en casi todas las encuestas.

ESKANDARI: Sí, la tendencia general es ascendente.

LUNDGREN: [ININTELIGIBLE]

POTUS: Entonces los anuncios están funcionando, ¿cierto? Y relegar al Vicependejo a hablar sólo de infraestructura fue una buena decisión, debo decir.

LUNDGREN: Sabia decisión.

POTUS: Claro que lo fue.

ESKANDARI: Y la aprobación de ese decreto, sobre la prohibición de la reanimación, ha dado resultados muy positivos en las encuestas.

TOMA: Aunque Nate Silver aún dice que la elección sigue siendo un volado, sobre todo en las contiendas del Senado.

ESKANDARI: Cierto, pero ese tipo nunca se decanta por un lado. No quiere quedar mal con nadie.

POTUS: Insufrible hijo de puta. Odio a ese tipo. Siempre tan petulante. Nunca se compromete con nada. Debería dedicarse al poker.

ESKANDARI: Pero Silver dice también que las elecciones de media legislatura están en nuestras manos, al menos.

POTUS: Hasta mi terrier escocés podría haber dicho eso.

VAN GELDEREN: Pero Lucky murió el año pasado.

POTUS: Ya sé que Lucky se murió el año pasado, carajo. De todas maneras podría haberlo dicho.

ESKANDARI: Extraño a Lucky.

POTUS: Lucky era más inteligente que Nate Silver, y mucho más agradable también. Bueno, ¿qué podemos hacer para subir esos números antes de las intermedias? ¿Alguna idea?

TOMA: Creo que llegamos a nuestro límite con la prohibición de la reanimación, pero... tal vez hay algo que el Departamento de Justicia podría hacer. Sin embargo, tenemos que asegurarnos de que no quede rastro de la participación de la Casa Blanca.

POTUS: Me agrada lo que estoy oyendo. Continúa.

TOMA: Pues un par de procesos fiscales o investigaciones de alto perfil podrían ayudar...

VAN GELDEREN: Ya sabe. Podemos atacar algunos centros de reanimación por violar la prohibición o por violar sus licencias de reanimación previas. O sea, por violaciones a los protocolos para zurcidos.

TOMA: Como aquel centro en el que el FBI hizo una redada.

ESKANDARI: Clerval.

TOMA: Sí, Clerval. Tienen que encontrar algo en sus discos duros, ¿no? Emails, lo que sea, alguna falta a los protocolos.

POTUS: Pero la fiscal general no ha dicho nada, ¿o sí?

LUNDGREN: No. Es bastante cautelosa con esos anuncios.

POTUS: Ya lo sé, carajo. El peor error de mi vida fue nombrar a McCluskie. Una niñita buena. No entiende que trabaja para mí. Perra de mierda.

ESKANDARI: Bueno, técnicamente, la fiscal no trabaja para la presidenta...

POTUS: Ay, por favor...

ESKANDARI: Pero podría haber presión para hacer algo, para anunciar un enjuiciamiento o una investigación, según lo que veo en Fox, y eso echaría a andar las cosas.

LUNDGREN: Sí, las cosas se echarían a andar.

POTUS: [ININTELIGIBLE]

VAN GELDEREN: Podríamos concertar una reunión informal, de bajo perfil, con McCluskie.

POTUS: Habría que hacerlo pronto.

ESKANDARI: Tiene disponible la cena el jueves. Tal vez algo discreto, aquí, en la Casa Blanca, sólo ustedes dos.

POTUS: Sí. Tranquilo y privado.

TOMA: Pero no podemos hacerlo a través del sistema de la Casa Blanca. No podemos dejar rastro.

ESKANDARI: Usted debería llamarla.

POTUS: Sí.

VAN GELDEREN: Tal vez sugerirle que se avistan cosas importantes en su futuro.

LUNDGREN: Eso.

POTUS: ¿Como qué?

ESKANDARI: La siguiente vacante en la Suprema Corte.

LUNDGREN: Si hace lo que tiene que hacer...

POTUS: Ya veo...

LUNDGREN: El magistrado Williams sigue vivo de milagro...

POTUS: Los malditos muertos vivientes...

VAN GELDEREN: El puesto podría estar disponible el próximo año.

ESKANDARI: Williams tiene casi noventa años y tuvo todos esos derrames.

POTUS: ¿Por qué se aferran así? Ni un gramo de jodida dignidad. ¡Tal vez es un zurcido! ¡Ja! Qué gracioso. Me hago reír a mí misma.

TOMA: No sé por qué se aferra. Yo me jubilaría y disfrutaría del resto de mi vida.

POTUS: Te voy a decir por qué. Es un trabajo muy jodidamente fácil; por eso. Sus asistentes hacen todo el trabajo. Es el empleo más fácil de todo el jodido mundo y viene con todo ese prestigio, el sueldo y los pagos por dar conferencias. Hasta Lucky podría hacerlo.

TOMA: Pero Lucky está muerto.

POTUS: ¡Y el idiota de Williams también!

TOMA: No del todo, pero sí.

POTUS: Ya te dije que sí.

TOMA: De vuelta a lo de McCluskie.

POTUS: Sí. Yo la llamo hoy mismo.

TOMA: [ININTELIGIBLE]

POTUS: Ajá.

LUNDGREN: Y si logramos que la fiscal general anuncie algunos casos de alto perfil, una investigación, o incluso una acusación oficial pronto, podríamos abandonar algunas contiendas y dejar que el Comité Nacional se encargue.

ESKANDARI: Podríamos dejarlas ya y sólo usar videos de la fiscal más tarde, cuando dé su conferencia de prensa.

LUNDGREN: Podemos usar videos de otras conferencias de prensa y cambiar el sonido, para ir más deprisa.

POTUS: Deprisa. Carajo, me gusta.

TOMA: Hagámoslo.

POTUS: Bien. Tengo una reunión con el jodido primer ministro del Reino Unido en una hora. Ustedes vayan y asegúrense de que esta maldita cosa ocurra.

LUNDGREN: Sí, lo haremos.

POTUS: ¿Y entonces?

ESKANDARI: ¿Entonces qué?

POTUS: ¡Vayan a hacerlo, carajo! Yo llamaré a la fiscal en este momento.

FIN DE LA TRANSCRIPCIÓN

CAPÍTULO VEINTE

Estaban sentados en silencio en la mesa del desayunador de Faustina. El hombre apreciaba lo brillante que era aquella pequeña y cálida habitación que se abría hacia la cocina. El espacio se sentía seguro, reconfortante, tranquilo. Faustina había decorado las paredes con tres coloridos grabados de tres artistas distintos. Uno de ellos en particular cautivaba al hombre: cientos de personas de todas las edades y todos los tamaños lo miraban de vuelta y, al fondo, los que parecían ser los rascacielos de Los Ángeles. Algunas de las figuras tocaban instrumentos, muchas otras tenían los ojos cerrados en una paz sublime, quizá hipnotizadas por la música que ellas u otras figuras tocaban. Una figura pequeña estaba disfrazada de esqueleto. El título de la obra estaba escrito en lápiz, en el fondo, «The Eternal Getdown», con la enorme e imponente firma del artista, «José Ramírez» en la esquina derecha. En la esquina izquierda, el artista había escrito también en lápiz «22/25». El hombre pensó en el número. Quería decir que, en otras 24 cocinas, recámaras o salas, el mismo grabado adornaba las paredes de otras personas. El hombre contó hasta 24 y sonrió. Ese colorido grabado lo conectaba con otras personas a quienes no conocía, hasta donde sabía. Luego se enfocó en la figura esquelética, que parecía sonreírle de vuelta.

El hombre sorbió su café. Se dio vuelta para ver a Faustina preparar el desayuno en el horno. Había ofrecido ayudarle, pero ella dijo que no, que se sentara, tomara su café y conservara la energía para discutir. Así que el hombre obedeció. Faustina parecía estar menos irritada con él, pero el desasosiego yacía debajo de aquella escena doméstica. El hombre había tenido un sueño entrecortado la noche anterior; la misma pesadilla recurrente de siempre continuaba con sus intrusiones. El hombre creyó que hacer el amor con Faustina y abrazarla fuerte durante la noche podría ser de ayuda, pero la pesadilla llegó hasta él sin problemas. En todo caso, la pesadilla había sido más vívida, aterrorizante y confusa que otras veces. Culpó al vino y a otra cosa que no logró nombrar. Miró su café e intentó despejar la mente.

—Okay, guapo —interrumpió sus pensamientos Faustina—, el desayuno de campeones está servido.

El hombre alzó la mirada de su café.

—Huele bien.

—Debería —respondió Faustina—. Cuando se trata de comida reconfortante, nada le gana a unos huevos con weenies.

—No sé si los he probado antes.

—Dijiste lo mismo en el brunch con mi familia —apuntó Faustina mientras servía el desayuno de la sartén humeante sobre dos platos—. ¿Cómo es posible? ¿Qué clase de chicano eres?

—No dije que nunca lo hubiera comido —reviró el hombre cuando Faustina le puso el plato en frente—. Me parece conocido, pero no sé si lo he probado.

Faustina calentó las tortillas de maíz en la estufa y parecía arrepentida de la broma. Envolvió las tortillas calientes en un tortillero blanco, lo puso sobre la mesa, se sentó y se sirvió una taza de café.

—Lo siento —dijo—. Qué grosero de mi parte. Mira, pruébalo con un poco de salsa. La compré en Trader Joe's y la verdad es que no está nada mal. ¡Los blancos se están robando nuestros secretos mexicanos!

El hombre vertió tres cucharadas de salsa sobre sus huevos, sacó una tortilla del tortillero, le arrancó un pedazo y lo usó para levantar un bocado.

—Así es como come un chicano —se rio Faustina—. Lamento haber dudado de ti.

—Está bueno —dijo el hombre con la boca llena—. Muy, muy bueno.

El hombre cerró los ojos y disfrutó de los sabores y texturas que le daban vueltas por la boca. Entonces sucedió: el hombre vio destellos de un rostro, el de una mujer mayor, que le sonreía. Una descarga eléctrica le recorrió el cuerpo entero; los ojos se le abrieron de golpe.

—¿Qué pasa? —El hombre parpadeó y se tragó los restos de comida que le quedaban en la boca. Miró a Faustina con una expresión vacía—. ¿Estás bien?

—Vi algo —dijo el hombre, con los ojos fijos sobre Faustina.

—¿Algo?

—Un rostro.

—¿El de quién?

—No lo sé.

—¿No lo reconociste?

—No.

—¿Te ha pasado antes?

El hombre tomó un trago de su café.

—Sí, unas cuantas veces.

—¿Cuándo fue la última vez?

—Cuando estábamos en el brunch. Cuando cocinamos chilaquiles y los probé por primera vez.

Faustina le puso una mano sobre el hombro.

—Terminemos de desayunar y luego damos un paseo, ¿te parece? —El hombre no respondió—. ¿Quieres comer otra cosa?

El hombre negó con la cabeza y, de a poco, comenzó a comer de nuevo. Faustina respiró profundamente, parpadeó y tomó de su café.

—Estoy bien —dijo el hombre—. Estoy bien.

El hombre y Faustina entraron a Arlington Garden. Unas cuantas familias paseaban por ahí, arrejuntados para protegerse de la fría brisa de la mañana. El jardín botánico parecía mecerse y cantar al unísono con el crecer del viento.

—Corro cerca de aquí todo el tiempo, pero nunca había visto este lugar —dijo el hombre—. O al menos creo que nunca lo había visto. Supongo que debí haber notado algo.

—Me encanta este lugar —declaró Faustina mientras sus pisadas crujían sobre la grava del sendero—. Es sólo una hectárea, pero parece extenderse hasta el infinito, sobre todo en el perímetro, donde podrías perderte entre los árboles y las plantas.

—Me gustaría poder perderme un rato.

—A mí también —concordó Faustina, antes de entrelazar su brazo izquierdo con el derecho del hombre—. ¿Sabías que había una mansión justo en este punto? Fue construida hace más de cien años por un hombre llamado John Durand. Por supuesto, era conocida como la Mansión Durand.

—¿Cómo sabes eso?

Faustina se rio.

—Una de las grandes aventuras de mi vida fue ser guía voluntaria aquí hace un par de años. Los fines de semana. Me encantaba porque podía disfrutar de este hermoso lugar y, al mismo tiempo, estar a cargo de un grupo de turistas que no gozaban de conocimiento, al menos no de tanto conocimiento como yo.

—El conocimiento es tu superpoder.

—¡Ja! Me gusta eso. A veces me sorprendes.

—¿En serio?

Faustina guio al hombre hacia una banca en un pequeño claro. Se detuvieron frente a ella y, al mismo tiempo, se agacharon para leer la placa de bronce que estaba sobre el respaldo:

En memoria de mi esposo, el poeta
Robert Angel 1951-2020
Que encontró inspiración en estos jardines
Mary Angel

—Siempre olvido investigar sobre Robert Angel —se lamentó Faustina al soltarle el brazo al hombre y sentarse despacio sobre la banca—. Podría preguntar en la librería Vroman's la próxima vez que vaya a buscar algo nuevo para leer.

El hombre se quedó pensativo un momento; luego se sentó a un lado de Faustina.

—¿Crees que Robert Angel escribió un libro de poesía? —preguntó.

—Tal vez. No lo sé.

—¿Lees mucha poesía?

—Algo, no tanto como leo ficción —respondió Faustina, con la mirada puesta sobre los árboles que los rodeaban—. Pero cuando leo poesía, suele sorprenderme lo mucho que me gusta. Hace poco leí una colección de un poeta nicaragüense... ¿cómo se llamaba? Ah, sí, Salvatierra. Sí, León Salvatierra. Leí una entrevista que le dio al *Los Angeles Times* hace unos años y me pareció muy inteligente y perspicaz. Huyó de Nicaragua a los quince años para escapar de convertirse en niño soldado de los sandinistas. No puedo ni imaginarme todo lo que vio desde que era tan chico. En fin, después de un tiempo compré el libro, *Al norte*, pero no lo leí sino hasta unos meses después. Se quedó ahí, en mi mesa de noche. Ya ves cómo son esas cosas. La pila de cosas por leer se hace siempre más y más grande. Y luego, una noche, lo abrí y empecé a leer. Todos los poemas estaban en inglés y tenían su traducción al español a un lado. A veces leía primero la versión en inglés y luego intentaba con mi español malhablado; y a veces empezaba en español y luego pasaba a la versión en inglés.

—¿Por qué?

—Supongo que me gustaba sentir la diferencia entre las lenguas. Incluso el título en inglés produce una sensación distinta que en español: *Al Norte, To the North*. En español es más musical; tiene menos palabras, pero el mismo número de sílabas. Crea un tono distinto, supongo.

—Cuéntame más sobre la mansión que había aquí.

—¡Sí! —exclamó Faustina—. Pero primero deberías saber que este jardín es la tierra ancestral de los pueblos Tongva, rebautizados como Gabrieleños por los españoles.

—¿Por qué?

—Porque a los colonizadores les encanta cambiarle el nombre a todo lo que colonizan. Junípero Serra fundó la Misión de San Gabriel, así que los Tongva recibieron un nombre que reflejara la misión en la que fueron bautizados en contra de su voluntad y donde se les obligó a labrar la tierra. Ya sabes, típicas chingaderas de colonizador. Y, por supuesto, la mayoría de los Tongva no tenía inmunidad contra las enfermedades de los colonizadores, por lo que gran parte de su población murió.

—Ah.

—Pero me estoy desviando del tema. Querías saber sobre la mansión.

—Sí.

—Bueno, tú lo pediste. —Faustina se levantó de la banca y se paró justo frente al hombre. Se aclaró la garganta y comenzó con la lección. —Aproximadamente un siglo después de que el sistema de misiones se hubiera terminado en California, este espacio se convirtió en el sitio de una mansión de cincuenta habitaciones llamada Mansión Durand, en honor al hombre que la construyó a principios del siglo XX. John Durand era un adinerado mayorista que provenía de la gran ciudad de Chicago. Durand quería recrear un señorial *chateau* francés, aunque con un diseño propio. La estructura original tenía una fachada de arenisca roja, complejos grabados en madera y frondosos jardines que incluían naranjos y otras palmeras tropicales a las que el clima templado de Pasadena les venía bien. La extravagancia de la Mansión Durand llevó al *Los Angeles Times* a declararla «la residencia más peculiar y, al mismo tiempo, más fastuosa, no sólo en el sur de California, sino del país entero». La mansión era inusual no sólo por su gran extravagancia, también por excentricidades como el apagador maestro junto a la cama de la señora Durand que, al activarse, encendía «todas las luces de la casa, desde el sótano hasta el techo». Al parecer, era una forma de intimidar a los posibles ladrones.

—Qué extraño.

—En efecto, muy extraño, usted, guapo miembro del público —dijo Faustina. Luego, en un susurro fingido, le dijo—: Búscame cuando terminemos y te puedo dar un tour privado, si entiendes a lo que me refiero. —Acentuó la oferta con un exagerado guiño del ojo. El hombre se rio. Faustina retomó la pose y voz de guía turística—. Como sea —continuó—, toda esa extrañeza llegó a su fin cuando Caltrans, la empresa paraestatal a la que todos amamos odiar, compró y demolió la Mansión Durand en 1964. Y, por supuesto, al Caltrans ser Caltrans, la empresa usó el terreno baldío para almacenar maquinaria pesada durante la expansión de la autopista de Long Beach. Por lo demás, el terreno se mantuvo sin usar y sin desarrollar hasta que a alguien se le ocurrió la idea de rentarle la tierra a la ciudad de Pasadena para uso público. Y ¿qué podría ser mejor para una ciudad, además de vivienda asequible, que un hermoso parque? Hoy, Arlington Garden es mantenido por un grupo de organizaciones sin fines de lucro, así como por la ciudad misma.

Faustina concluyó el discurso con una exagerada reverencia. Luego volvió a la banca y se sentó junto al hombre.

—¡Bravo! —exclamó el hombre entre lentos aplausos.

—Gracias, gracias, público querido.

El hombre dejó de aplaudir, y se hizo un pasmoso silencio.

—¿Y qué hay del jardín? —dijo al fin.

—Ah, sí, puntos de interés. Para eso, debemos hacer un recorrido para que la visita guiada esté completa. —Se pusieron de pie. Faustina entrelazó un brazo con el del hombre y los alejó de la banca—. Como puedes ver —dijo con un dramático gesto de la mano derecha—, Arlington Garden incluye miles y miles de plantas nativas a California, como girasoles, amapolas, cactáceas y suculentas. Hay huertos de olivos y naranjos y muchos otros ejemplos de flora local. Y gracias a generosas donaciones privadas y al financiamiento de la ciudad de Pasadena, los jardines contienen también una enorme variedad de bancas y mesas para relajarse y comulgar con la naturaleza. Verás también que por todas partes hay bebederos de piedra para las aves, estatuas y fuentes de azulejos de estilo artesanal.

Se acercaron a una pequeña arboleda de arrayanes. Cientos de pedazos de papel multicolor revoloteaban en las ramas. El hombre se acercó a uno de los arrayanes y tomó uno de los papeles entre sus manos para poder leerlo.

—Por la salud de mi abue —leyó—. Quiero mucho a mi abue. —Soltó el pedazo de papel y lo vio revolotear de nuevo junto con los otros cientos de notas que colgaban de los árboles.

—Suelen pedir por la salud de alguien —dijo Faustina mientras tomaba otro pedazo—. Y hay otros como este: «Deseo que alguien me quiera tal y como soy».

—¿Qué son estos árboles? —preguntó el hombre.

—¡Buena pregunta del público! —dijo Faustina mientras se posicionaba frente al hombre para retomar sus labores como guía—. Estos arrayanes que bordean el sendero fueron originalmente parte del proyecto artístico interactivo de Yoko Ono, «*Wish Tree*». Todos los visitantes de Arlington Garden están invitados a participar, añadiendo sus propios deseos a los árboles.

Faustina hizo una reverencia más y volvió a entrelazar brazos con el hombre. Se quedaron perdidos en sus propios pensamientos mientras observaban los deseos que bailaban con el viento.

—¿Alguna vez has puesto un deseo en uno de los árboles? —preguntó el hombre.

—¿Tengo pinta de ser alguien que cree en los deseos mágicos? —se rio Faustina.

—No.

—Pues, para ser sincera, sí lo he hecho.

—Ah, ¿sí?

—Cuando a mi mejor amiga de la universidad, Angélica, le detectaron cáncer de mama. Puse una nota en la rama para que la quimioterapia funcionara y ella se recuperara.

—¿Se recuperó?

—No. —Faustina cerró los ojos—. No existe la puta magia en este mundo.

El hombre observó en silencio cómo la brisa levantaba y retorcía las notas. El viento amainó después de un rato y las notas pasaron sólo a moverse un poco.

—Lamento haberte pedido que vinieras conmigo a ver al doctor Marco Prietto —dijo el hombre.

—Olvídalo —dijo Faustina tras abrir los ojos y mirar al hombre. Desenroscó el brazo del de él y dio un pequeño paso atrás—. Yo hubiera hecho lo mismo. La pregunta es: ¿En verdad quieres verlo? ¿Estás listo para saber quién eres, digo, quién eras?

El hombre reflexionó un momento. La brisa se hizo más fuerte otra vez; las notas parecían bailar con arrogancia.

—Sí —respondió—. Quiero saberlo.

—¿Y por qué quieres que vaya contigo a ver al doctor? —El hombre suspiró—. ¿Sabes por qué? —continuó Faustina.

—Sí, lo sé.

—¿Y bien?

—Porque —dijo el hombre— tengo miedo de lo que pueda descubrir.

Faustina lo miró con intensidad a los ojos.

—¿Algo más? —preguntó.

—Y porque confío en ti.

Faustina inhaló profundamente. Se acercó al hombre y volvió a entrelazar el brazo con el de él.

—Muy bien —dijo—. Entonces llama al doctor y dile que queremos conocerlo. —El hombre miraba a Faustina, incrédulo—. ¿Qué esperas?

—Gracias —dijo el hombre—. Gracias.

—Esta guía da servicio completo —dijo Faustina—. Visitas guiadas, apoyo moral y bastante buen sexo, si se me permite la osadía. —El hombre se rio—. Y, además, soy muy graciosa.

—Así es —reconoció el hombre—. Lo eres.

CAPÍTULO VEINTIUNO

—Creo que es aquí —dijo Faustina mientras estacionaba el coche frente a la casa, muy bien cuidada, e iluminada por la brillante luna—. Ojalá el doctor hubiera aceptado recibirnos en su oficina.

—Me dijo que desde la redada del FBI, Industrias Cerval está bajo intensa supervisión —dijo el hombre mientras levantaba la caja de cartón del piso para ponérsela en el regazo—, en especial cuando se trata de visitas externas.

—Tiene sentido, pero esto se siente extraño. Una visita diurna en una oficina siempre me parecerá más segura que una visita nocturna en una residencia privada.

—Pero es doctor.

—Está bien, está bien —dijo Faustina tras apagar el coche y desabrocharse el cinturón de seguridad—. Veamos qué tiene que decir el buen doctor. Además, me urge ir al baño. Hacer un viaje de dos horas a Oxnard no es inocuo para una pobre vejiga. El tráfico en San Fernando Valley estuvo realmente terrible.

—Estoy seguro de que te dejará usar su baño —dijo el hombre mientras abría su puerta del auto.

—Si no me lo permite, no hay reunión —amenazó Faustina. Al caminar hacia la casa, notaron las cortinas de la ventana moverse—. Nos están observando —agregó.

—Tal vez me tiene miedo —apuntó el hombre, abrazando la caja con fuerza contra su pecho.

—¿Por qué?

—Mi gente ha recibido mucha publicidad negativa en estos últimos días.

—¿Tu gente? —El hombre miró a Faustina y sonrió sólo un poco—. Tu sentido del humor mejora a cada minuto —apuntó Faustina. Subieron los cuatro escalones hasta el pequeño pórtico y miraron la puerta. Una enorme calabaza tallada les sonreía desde uno de los rincones del pórtico—. A alguien le gusta el Halloween —dijo Faustina.

—Pues... —dijo el hombre—, creo que alguien debería tocar el timbre o la puerta.

—Parece la opción más lógica. Yo voto por llamar a la puerta. Es mucho más asertivo. Tenemos que enfrentarnos a esto desde una posición de fuerza.

—Suenas como abogada.

—Culpable, Señoría.

El hombre alzó la mano derecha, cerró el puño y se preparó para golpear. No obstante, antes de que pudiera hacerlo, la puerta se abrió. Frente a Faustina y el hombre apareció un personaje de poca estatura y cabello cano, con un gato blanquinegro entre los brazos. Era tan cuadrado y pulcro como su casa.

—Doctor Prietto, quiero suponer —dijo Faustina.

El doctor Prietto miró al hombre, luego a Faustina y una vez más al hombre. Sonrió y asintió.

—Adelante, por favor —dijo antes de hacerse a un costado para dejar pasar a sus invitados.

—¿En dónde está el baño? —preguntó Faustina en cuanto puso un pie dentro de la casa.

—Ah, sí —dijo el doctor—. Al final del pasillo, a la izquierda. Estaremos aquí, en la sala.

Faustina asintió en señal de agradecimiento y caminó a paso redoblado hacia el baño. El doctor asintió de vuelta y luego guio al hombre por otro pasillo hasta la sala. Entraron a una alcoba considerable, pero llena de cosas, cuya decoración principal parecían ser los libros de todos tamaños en libreros de piso a techo y todas las superficies horizontales del lugar, incluido el piso. El Lado A de *City Nights* de Tierra llenaba la habitación a un sonido bajo desde un tornamesa oculto entre las sombras. El doctor puso al gato en un sillón y quitó unos diez libros antes de acomodarlos con mucho cuidado junto a otra columna de libros. El doctor hizo un gesto para indicarle al hombre que se sentara junto al gato. El hombre obedeció. El gato miró al hombre, parpadeó, se relamió los labios y cerró los ojos para dormir. El hombre puso la caja de cartón en la mesa de centro, que también estaba llena de libros. Volteó hacia donde estaba el felino acurrucado y le rascó la cabeza. El gato pareció apreciar el gesto una enormidad.

—Le agradas a Quetzi —dijo el doctor.

—¿Quetzi?

—Por Quetzalcóatl. ¡La serpiente emplumada! Ya sabes, el más importante de los dioses mexicas.

—Ah.

—¿Puedo ofrecerte algo para tomar?

—No, gracias.

El doctor caminó hasta una pequeña mesa que gemía con el peso de varios vasos y botellas.

—A mí me vendría bien otro traguito —dijo mientras rellenaba su vaso con un líquido dorado de una licorera de cristal cortado—. ¡Como lo recetó el doctor! —Se rio mientras tomaba el vaso lleno y se asentaba en una silla de cuero frente al sillón. Tomó un largo trago y exhaló con fuerza—. ¡Híjole! —exclamó para sus adentros mientras el licor le calentaba la garganta.

—Ah, ahí están —dijo Faustina al entrar a la sala—. Di con la cocina y con otra pequeña habitación antes de encontrarlos, señores. Supongo que estaba demasiado distraída como para ver hacia dónde señaló. Las cosas que hace una vejiga demasiado llena.

El doctor se puso de pie y alzó su vaso.

—¿Un trago?

—Un poco me vendría bien —dijo Faustina mientras se abría paso hacia la pequeña mesa—. Una refinada colección de bebidas adultas.

—Hay una hielera por ahí —dijo el doctor antes de sentarse de nuevo, sonriendo ante el deseo descarado de aquella hermosa mujer por beber algo.

Faustina dejó caer tres cubos de hielo en un vaso y estudió sus opciones hasta encontrar la botella que quería.

—¡Ay! ¡Tiene Johnnie Walker Etiqueta Azul! —trinó al levantar la botella y servirse un cuantioso vaso de whiskey—. Me merezco un premio después de ese viaje —añadió mientras volvía al sillón y se acomodaba junto al hombre.

—Me alegra que me hayan llamado —dijo el doctor—. Me salvan de convertirme en un hombre superfluo.

El hombre se abrazó las rodillas y asintió. Faustina disfrutaba de su trago.

El doctor le sonrió a Faustina y le dio un sorbo a su propio vaso en señal de camaradería. Luego, con mucho cuidado, colocó el vaso sobre una pila de libros en la mesa de centro y tomó la caja de cartón. Se la puso en el regazo y la abrió despacio. Sonrió.

—¿Por qué tengo ese libro? —preguntó el hombre.

—Lo puse entre tus nuevas pertenencias después de tu reanimación, claro está —explicó el doctor.

—Pero... ¿por qué? —insistió Faustina.

—¿Qué significa? —dijo el hombre.

—Son dos preguntas muy distintas —apuntó el doctor—. ¿Cuál quisieran que respondiera primero?

Faustina miró al hombre, esperando su respuesta.

—Responda a su pregunta primero —dijo el hombre tras meditarlo unos segundos.

—Me alegra que hayas escogido la primera, pues la segunda es un poco más difícil de responder —dijo el doctor antes de devolver el libro a la caja de cartón. Tomó un largo trago y se quedó en silencio casi un minuto entero. Al fin, habló de nuevo—: La respuesta corta es aquello a lo que aludí antes. No quiero ser un hombre superfluo.

—Momento —interrumpió Faustina—. Usted fue el doctor que trabajó en su reanimación, ¿cierto?

—Junto con mi equipo, sí.

—¿Cómo podría, entonces, ser un hombre superfluo si le dio vida?

—Una cosa es poner algo, o a alguien, en movimiento; es otra cosa darle sentido a ese acto de creación.

—No entiendo —dijo el hombre.

El doctor se acabó el vaso, se puso de pie y caminó hacia su bar improvisado. Rellenó el vaso, volvió a su silla y tomó otro sorbo antes de pensar en cómo podría explicarse. Inhaló profundamente mientras pensaba en cómo comenzar.

—Piensen en un padre que trae vida al mundo —empezó a decir, muy despacio—. Un «mal» padre, digamos, abandonaría a ese bebé y no pensaría en su bienestar, educación o desarrollo, ¿no es así?

El hombre y Faustina asintieron en sincronía.

—Pues... tras cinco años de crear vida y abandonar a mis hijos en el mundo, por así decirlo, de dejarlos a la deriva, con su cultura e historia borradas, decidí violar los protocolos éticos y legales y ofrecerles a los sujetos reanimados algo de su identidad de vuelta, cuando me era posible. Piensen en el conflicto al que me enfrentaba. Sí, estaba creando vida, pero esa vida era un lienzo en blanco, sin recuerdos o experiencias personales, esas cosas que nos hacen quienes somos, que nos hacen humanos. Pero no quería hacer demasiado ni dejar los deseos y sentimientos de mis hijos fuera de la ecuación. Así que me decidí por una solución elegante. Planté una pista, nada más, entre sus pertenencias que, tarde o temprano, encontrarán. Tal vez sea un poco sutil, pero he descubierto que es suficiente para permitirles a mis hijos el libre albedrío para decidir a partir de ello y que hagan lo que tengan que hacer, por ellos mismos, no por mí.

—¿Una pista? —repitió el hombre—. ¿Como este libro infantil?

—Sí, como ese libro infantil, junto con una nota en la tarjeta de presentación que ponía la decisión en tus manos cuando estuvieras listo. Eso es el libre albedrío, ¿no? Y aquí estás, por voluntad propia. Debes estar listo, entonces. Tienes agencia, como dicen. Y no soy el doctor Frankenstein que la gente suele decir que soy. Ni modo. Esa es otra discusión. En cualquier caso, creo que ya respondí al porqué. En cuanto a lo que significa el libro, ¿estás listo para saberlo?

El hombre y Faustina intercambiaron miradas. El hombre volvió a ver al doctor y habló con voz delicada:

—Sí.

—Hay un dicho mexicano que mi mamá usaba mucho porque, a decir verdad, teníamos muy poco: «A falta de pan, tortillas». El punto es hacer lo que se puede con lo que se tiene. En tu caso, lo único que tenía era ese libro para niños.

—¿Cómo lo consiguió? —preguntó Faustina.

—¡Más preguntas! —se rio el doctor—. Pero esa respuesta me ayuda a decirles también qué es lo que significa, ¿no creen?

—Supongo —dijo el hombre.

—¿Estás seguro de que no quieres un trago? —preguntó el doctor.

Sin esperar respuesta, Faustina le dio su trago al hombre. El hombre miró el vaso, se quedó pensativo un momento y luego le dio un sorbo antes de devolvérselo a Faustina.

—Buena decisión —comentó el doctor. El hombre asintió, fortalecido por el alcohol—. Moriste en un accidente de coche —comenzó a explicar el doctor—. El lado izquierdo de tu cuerpo quedó destrozado, pero el resto del cuerpo estaba casi inmaculado. Extraordinario, a decir verdad. Aún conservo las fotografías en el laboratorio. Fotografiamos todo, pero, claro, todo eso quedó detenido y estamos en un proceso de reestructuración como dicen, de nuestra tecnología médica. Hemos aprendido mucho, ¿sabes? En todo caso, logramos injertarte un nuevo brazo y una pierna. Lamento no haber encontrado algo que te quedara un poco mejor, pero los brazos y piernas no crecen en los árboles...

¡todavía, al menos! —El doctor soltó una carcajada tras su último comentario. El hombre y Faustina no sonrieron. El doctor recobró la compostura y continuó—: Pero cuando te completamos, mi equipo y yo, y terminamos el proceso de reanimación, pensé que te veías hermoso, aun con las partes dispares. ¿Sabes por qué? —El hombre negó con la cabeza—. Me pareciste hermoso porque estabas vivo —susurró el doctor.

—¿Eso es todo?

—¿Qué es más hermoso que la vida? —El hombre y Faustina volvieron a asentir al mismo tiempo—. De hecho, cuando diste tus primeras señales de vida, le anuncié al equipo: «¡Está vivo!». La vida es algo que debe proclamarse, reconocerse, celebrarse. —El silencio se posó sobre la habitación mientras el hombre procesaba la aseveración del doctor—. Al momento del accidente —el doctor concluyó su digresión—, tenías una caja de pertenencias que incluía el libro. Había otros libros para adultos también, algo de ropa, fotografías, trabajos escolares y demás. La mejor respuesta que se me ocurrió fue que tu madre te había dado cosas que ocupaban demasiado espacio en su casa y eran en realidad tuyas, cosas que no te habías llevado cuando saliste al mundo a vivir por tu cuenta. Los chicos siempre hacen eso. Mi hijo lo hizo, por supuesto. Aún conservo un par de cajas de sus cosas en el garaje. En fin, guardé tu libro infantil y le devolví todo lo demás.

—¿A mi madre? —preguntó el hombre.

—Lo siento, me estoy adelantando —dijo el doctor mientras tomaba el libro de nuevo, lo abría en la primera página y señalaba el nombre escrito con crayola—. Este libro era de un pequeño llamado Fernando Ochoa.

—¿Yo? —inquirió el hombre.

—Sí —dijo el doctor mientras Faustina volvía a darle su vaso al hombre, que se lo terminó de un trago—. Sé que hay mucho que procesar.

—¿Por qué escogió este objeto para mí?

—Pues... —comenzó a decir el doctor—... la infancia es una parte importante de nuestro desarrollo humano. Nuestros cerebros son como esponjas que absorben el lenguaje y las sensaciones y, pues, el mundo que nos moldea en las personas que seremos cuando adultos. Supuse, con cierta evidencia, que el libro fue importante para tu yo más pequeño, ¿por qué, si no, conservarlo hasta tu adultez? Así que lo puse entre tus pertenencias en esa caja de cartón cuando te transferimos a la residencia de transición después de la reanimación. En mi cabeza, ese libro representaba tu infancia. ¿Entiendes?

—Creo que sí —respondió el hombre—. Supongo que tiene sentido.

—Pero... ¿por qué no darle más? —dijo Faustina—. ¿Para qué jugar *Ciudadano Kane*?

—Ay, me encanta esa película —se rio el doctor—. Rosebud, ¿verdad?

—No sé qué significa eso —dijo el hombre.

—Te lo explico después —intervino Faustina—. Y podemos ver la película. Te va a encantar, espero. Si no, quizá tenga que dejarte.

—¡Ja! —se carcajeó el doctor—. Me agrada esta mujer. Pero volvamos a la pregunta. ¿Por qué escogí este libro? Tenía que ser cuidadoso con cuánto podía romper con los protocolos. Tienen ojos en todas partes, ¿saben? En ocasiones era muy sencillo caer en la paranoia. Incluso ahora, con la reanimación estando prohibida, hay órdenes de búsqueda y cosas por el estilo. Tenía que ser sutil, no ser demasiado atrevido, evitar llamar la atención. Sólo lo suficiente como para no ser un hombre superfluo. Pero algunos de los protocolos tenían sentido. Uno de los protocolos principales es proteger a los que sobreviven, permitirles vivir el duelo por un ser querido y seguir con sus vidas. Tu antiguo yo, Fernando Ochoa, está muerto.

—Pero... —intentó interrumpir el hombre.

—La persona que fue Fernando Ochoa —continuó el doctor— dejó de existir y nunca podrá volver a la vida del todo. Punto. Fin de la historia. Eso es algo que tienes que aceptar.

—¿Qué puede decirme sobre mi madre? —preguntó el hombre.

—Pues no mucho. Poco más que su última dirección conocida. Pero no puedo dártela, a menos que...

—¿A menos que qué? —lo instó el hombre.

—De nuevo, como ya dije, tienes que entender que hay ciertos protocolos que no pueden ser violados. Firmaste una tarjeta de donador en donde accediste a que, a partir de la reanimación, para tu familia y amigos estás muerto. Todas tus cuentas de redes sociales fueron borradas, y tus registros personales se eliminaron. Tienes un nuevo número de seguridad social y una nueva licencia para manejar, todo marcado con una R roja en el frente. ¡La letra escarlata! Tu credencial de reanimación reemplazó a tu acta de nacimiento. Y si alguna vez fueras con alguna de esas compañías, Ancestry o 23andMe o la que sea, para que analicen tu ADN, tu estatus de reanimación los obligaría a bloquear los registros y evitar cualquier intento futuro de obtener una prueba de ADN. Si en algún momento te volvieras famoso, no podrías aparecer en el programa de Henry Louis Gates Jr. en PBS, te lo aseguro.

—Ay, me encanta *Finding Your Roots* —dijo Faustina.

—¿Por qué pasar por tantos problemas? —preguntó el hombre.

—Todo eso protege a tu familia y amigos tanto como a ti —dijo el doctor, antes de tomar otro trago—. Quiero decir que no eres la misma persona que ellos conocieron. Sería un desastre fingir que lo eres, ¿no crees? Pero al mismo tiempo entiendo tu deseo de conocer tus raíces. Es de lo más normal. Por eso tendrías que hacerme una promesa antes de que te dé más información, como la dirección de tu madre.

—¿Qué promesa? —quiso saber Faustina.

El hombre miró fijamente al doctor y esperó la respuesta a la pregunta de Faustina.

—Si te doy la dirección, tienes que prometerme que no le dirás a nadie de tu vida pasada quién eres. Para ellos estás muerto, así que tienes que entender que ya han llorado por ti. Podrías causarles un enorme daño emocional si no tienes cuidado. ¿Podrías imaginar una situación, por ejemplo, en la que un sujeto reanimado vuelve a su antiguo hogar y descubre que su pareja volvió a casarse e hizo una nueva vida que podría incluir hijos? Algo así. La gente sigue con sus vidas. Y si lo hacen de forma saludable, han procesado la pérdida siguiendo los pasos que más les convinieran. No eres más que un recuerdo. Y tus recuerdos de tu vida pasada quedaron borrados en el proceso de reanimación. Así que, sin importar qué tanto quisieras que no fuera así, son desconocidos para ti. No puedes extrañar lo que no recuerdas.

—Pero él podría prometerle lo que fuera para conseguir la información y estar mintiendo —dijo Faustina—. Digo, piénselo. Usted está pidiéndole mucho, demasiado, tal vez. Podría mentirle a la cara y usted nunca lo sabría.

—Cierto —dijo el doctor—. Pero es poco probable. Una de las cosas que he observado a lo largo de esta década de reanimaciones es que nuestros sujetos son particularmente honestos, a grados extremos, incluso. Quizá tenga que ver con el que borremos sus historias durante el proceso.

—Sabía que eras distinto a los demás hombres con los que he salido —apuntó Faustina con una risotada.

—¡Ja! —el doctor se sumó a la risa—. Buen chiste.

—Está bien —dijo el hombre—. Se lo prometo.

La habitación se quedó en silencio. El doctor asintió despacio.

—Pero si te doy la dirección —dijo—, también te daré un poco de contexto y una historia que puedas contarles a quienes conozcas. Sé que te parecerá una mentira, pero lo ensayaremos, y será para su... y tu... protección. ¿Estás de acuerdo con eso?

—Sí —dijo el hombre—. Estoy de acuerdo. Lo prometo.

—Y por encima de todo, tienes que recordar una cosa —dijo el doctor.

—¿Qué cosa?

—Que sin importar lo que descubras sobre tu otra vida, sin importar qué historia inventes, lo más importante que tienes que recordar es que estás vivo. ¿Me oyes? Vivo. Aquí y ahora. Lo que estás viviendo es real, sólo es diferente a lo que viviste antes.

—Sí —dijo el hombre—. Estoy vivo.

Faustina miró al hombre y le apretó el brazo derecho.

—Bien —dijo el doctor—. Podemos entrar en materia.

—Pero... —interrumpió el hombre—... ¿qué hay de estas? —Del bolsillo de la camisa se sacó una botella de píldoras—. Casi se terminan. No logro encontrarlas en la farmacia. Las he estado cortando por la mitad.

—No sirven para nada —se rio el doctor—. No es más que un antihistamínico.

—Me dijeron que tenía que tomarlas o no viviría los veinte años.

—Es sólo otra forma para la industria farmacéutica de ganar más dinero —explicó el doctor.

—¿Por qué harían eso? —preguntó el hombre.

—La navaja de Occam.

—¿Qué?

—La explicación más sencilla es preferible a una más compleja —dijo el doctor—. La respuesta simple y llana es: avaricia. Es el motivador más grande de todos. Así que esta supuesta necesidad de una medicina para la reanimación no fue más que el resultado de una serie de negociaciones por debajo de la mesa que algunos senadores hicieron para complacer a sus donadores de la industria farmacéutica. El ciclo de la vida... para la basura más grande de la Tierra.

—¿Entonces no necesito la medicina?

—Vivirás tanto como cualquier otra persona si comes suficientes verduras, haces ejercicio, usas hilo dental y amas a alguien, como dice la canción.

—Vaya —concluyó el hombre.

—Qué jodido —exclamó Faustina—. No sus consejos ni el amar a alguien. Lo de la industria farmacéutica.

—Sí —reconoció el doctor—. En verdad jodido. ¡Cabrones todos! Es emblemático de su forma de pensar, ¿sabes? Mejor reinar en el infierno que servir en el cielo, ese es su lema. No les importa que los expulsen del cielo, siempre y cuando se vayan con los bolsillos llenos. Su verdadero dios es el dólar. Además, nunca han visto a la comunidad reanimada como seres humanos completos. Son sólo... déjenme pensar... ¿Cuál sería una buena metáfora? ¡El Gólem! Sí. Son un gólem, no una persona.

—¿Qué es un Gólem? —preguntó el hombre.

El doctor lo meditó un momento; luego miró alrededor de la habitación. Se puso de pie con un pequeño gemido cuando encontró con la mirada una pila de libros sobre la mesa de centro. Caminó hasta la mesa, levantó tres libros y tomó el cuarto. Devolvió los tres libros con una presteza que sobresaltó a Faustina y al hombre. Le dio el libro al hombre como si se tratara de un preciado y poco común regalo.

—Léelo cuando tengas la oportunidad —dijo el doctor—. En pocas palabras, un Gólem es un humano artificial en el folclor judío, pero este libro explica su extensa historia. —El hombre tomó el libro y leyó el título en voz alta: *El Gólem revisitado: de Praga a la ficción post-Holocausto*—. Es un libro fascinante que responderá a todas tus preguntas sobre el Gólem —dijo el doctor—. De cierto modo, prefiero la metáfora del Gólem por encima de las demás, como, ya sabes, la novela de Shelley. Aunque no me desagrada el apelativo «moderno Prometeo». Nada le gana a un titán, a menos de que, ya sabes, tu padre sea Zeus y decida castigarte. Si es el caso, ¡cuidado con tu hígado! —exclamó el doctor antes de darle otro trago a su vaso—. Aunque a mí me encantaría que el hígado me volviera a crecer todos los días.

—Pobre Prometeo —dijo Faustina entre risas.

El hombre parpadeó, sin saber qué pensar.

—Pero yo no soy Víctor Frankenstein —continuó el doctor—, y tú no eres un monstruo. Eres una persona. Y todas las personas tienen valor, ¿no es así? En realidad, quienes te llaman monstruo son los verdaderos monstruos. Ni modo. Tenemos que concentrarnos en la tarea que tenemos enfrente.

El hombre puso el libro sobre el Gólem en el sillón y esperó.

El doctor caminó hacia los libreros que cubrían la pared del otro lado de la habitación. Leyó los títulos, mascullando para sus adentros, hasta que exclamó:

—¡Ah! —Tomó un volumen de pasta blanda bastante raído y volvió con Faustina y el hombre—. Comencemos con este —dijo al presentarle el libro al hombre.

Quetzi miró a los humanos, se relamió los labios y volvió a cerrar los ojos. El hombre recibió el libro y estudió la portada. «*... y no se lo tragó la tierra*, de Tomás Rivera», dijo para sus adentros.

—Leí esa novela en la universidad —apuntó Faustina—. Aunque fue la traducción al inglés. Me encanta el título: *... And the Earth Did Not Devour Him.* O sea, ¿cuántos libros empiezan con puntos suspensivos? Esos tres puntitos dicen muchísimo. En fin, después de leer la traducción, logré terminar el original en español con ayuda de un diccionario. Bellísimo.

—Esta es una edición bilingüe —dijo el doctor—. Y la traducción es bastante buena. La traductora también es poeta por cuenta propia, ¡así que el inglés canta también!

—¿Quiere que lo lea?

—Después, si tú quieres. Es más importante que lo abras —sugirió el doctor mientras caminaba hacia el tornamesa y le daba vuelta al álbum de Tierra. Cuando comenzó la primera canción del Lado B, el doctor cerró los ojos y tarareó un poco para sí mismo, perdido en un alegre y lejano recuerdo. Suspiró, abrió los ojos y caminó despacio de vuelta hacia la pareja. El hombre abrió el libro; escondido entre las páginas había un pedazo de papel. Lo sacó con mucho cuidado, le dio el libro a Faustina y desdobló el papel

—El FBI examinó mi disco duro y mi teléfono, pero mis miles de libros los abrumaron —dijo el doctor—. Nunca se asomaron a ninguno de los tomos en estas paredes, pues se cansaron de abrir libro tras libro en aquel librero más pequeño de allá —añadió con una risita mientras apuntaba hacia el rebosante librero que estaba junto a la chimenea—. Saqué la idea de un cuento de Edgar Allan Poe. ¡Escondido a la vista! —El hombre estudió las notas escritas a mano en el papel—. Es sólo la información más básica sobre ti y quién eras: tu fecha de nacimiento, las escuelas a las que asististe, qué estudiaste en la universidad, tu último empleo, etcétera —dijo el doctor—. Nunca te casaste y no tuviste hijos.

—Y este nombre de aquí —dijo el hombre—, Elisa Ochoa, ¿ella es mi madre?

—Sí —respondió el doctor—. Y esa es la última dirección suya que tenemos. Aquí en Oxnard. Por eso te pedí que empacaras unas cuantas cosas cuando me llamaste. Pueden quedarse en mi cuarto de visitas; no es problema. La cama plegable es bastante cómoda, de hecho. Soy viudo desde hace mucho tiempo y mi hijo está del otro lado del país, enseñando biología en

Brown, así que no molestarán a nadie. Sería agradable tener gente en esta casa enorme. Puedo cocinarles un buen desayuno. Planeaba hacer huevo con chorizo, tortillas de harina calientitas y litros de café. Pero si quieren, también hay un Comfort Inn, creo que un Hilton también, y otros hoteles no muy lejos si quieren su propio espacio, como dicen. Ni modo. Pensé que podrían visitar a Elisa Ochoa mañana, pues es domingo.

El hombre miró a Faustina, quien se encogió de hombros.

—Nos podemos quedar aquí esta noche —dijo el hombre.

—Y su sugerencia de menú de desayuno suena mejor que cualquiera que pudiera imaginar —apuntó Faustina—. ¡Gracias!

—De nada —respondió el doctor—. Nos dará también más tiempo para pensar en una historia para ti. No queremos perturbar a nadie.

—Sí —dijo el hombre—. No queremos perturbar a nadie.

En ese momento, Quetzi despertó de su siesta, parpadeó, bostezó y soltó un pequeño maullido.

El doctor se rio.

—Las palabras «huevo con salchicha» deben de haberse colado en los sueños de Quetzi. Déjenme darle de cenar a mi amiguito. Por desgracia, Quetzi tendrá que cenar algo un poco más tradicional. Luego podemos ponernos a trabajar y prepararte para la visita de mañana.

—Sí, eso suena bien —dijo el hombre.

—¡Ya quedamos! —concluyó Faustina.

—Así es —concordó el doctor mientras se agachaba para levantar al gato—. Ya quedamos.

FISCALÍA LANZA UNA INVESTIGACIÓN SOBRE LA INDUSTRIA DE LA REANIMACIÓN POR VIOLACIONES DE PROTOCOLOS

WASHINGTON (AP) – La fiscal general Joyce McCluskie lanzó una expansiva investigación formal este jueves sobre la industria de la reanimación, debido a lo que llamó «alarmantes» y «sistemáticas» violaciones de los llamados Protocolos de Zurcidos que fueron establecidos antes de la reciente prohibición de la presidenta Mary Beth Cadwallader de los procesos de reanimación.

«Una de las razones por las que la presidenta prohibió la reanimación fue el descarado patrón de violaciones a los protocolos que incumplen no sólo con la ley, sino con el tejido moral de nuestra sociedad», dijo la fiscal general, acompañada de su equipo legal, durante una conferencia de prensa.

«Redadas recientes del FBI han revelado extensas posibles violaciones así como posibles encubrimientos de las mismas en los niveles más altos de los objetivos de nuestra investigación», dijo McCluskie. La fiscal general se negó a nombrar a las empresas que serían sujetas a la investigación, aunque una de las redadas del FBI de más alto perfil se realizó el mes pasado en Industrias Cerval, con sede en Oxnard, California.

McCluskie, en términos bastante ambiguos, describió las supuestas violaciones de protocolos como ligadas a las acciones de algunos doctores de la industria para mantener el contacto con sujetos reanimados para poder inculcarles información «políticamente correcta» y con «ideología racial» sobre sus vidas pasadas.

Cuando se le preguntó si la investigación estaba relacionada con las próximas elecciones de media legislatura y el deseo de la presidenta de mantener su mayoría en la Cámara de Representantes y el Senado, la fiscal general lo negó de forma tajante.

«Lo que nos importa es hacer lo correcto, sin la influencia de la política o alguno de los partidos», dijo McCluskie. «Somos el Departamento de Justicia, no el Departamento de Elecciones», añadió con una sonrisa.

McCluskie ha sido mencionada como uno de los posibles reemplazos del juez asociado de la Suprema Corte Alexander Williams, quien cumplió 87 años el mes pasado y ha tenido problemas de salud desde que sufrió una serie de derrames cerebrales al final del periodo pasado. El juez Williams, sin embargo, se ha negado a renunciar y emitió un comunicado la semana pasada, en su característico lenguaje florido, en el que expresó su deseo por seguir trabajando hasta que lo «saquen de mi despacho con las patas por delante».

CAPÍTULO VEINTIDÓS

El hombre cerró la puerta de la casa del doctor Prietto y se adentró en la fresca tarde. Los sorbos del trago de Faustina se habían disipado después de la sesión de preparación de dos horas a la que el doctor los había sometido antes de la visita del día siguiente. Miró la calabaza tallada que, en respuesta, le ofrecía sólo un desquiciado grito silencioso. El hombre le devolvió la mueca y soltó una risita por lo bajo. Estiró las piernas y giró los brazos tres veces en el sentido de las manecillas del reloj. El hombre inhaló profundamente, se puso la sudadera y empezó a correr. No recordaba las calles de Oxnard —el proceso de reanimación le había borrado esos recuerdos— pero no importaba. El hombre necesitaba sentir sus brazos y piernas funcionar bajo el aire de la noche para prepararse para el día siguiente. A pesar de sentir dudas, una creciente calma comenzaba a florecer en él ahora que había llegado a ese punto de su viaje. Y todo era gracias a Faustina. La luna llena brillaba con intensidad al iluminar el camino del hombre por la calle desconocida y parecía calentarle las extremidades con su fulgor.

Cuando el hombre volvió a la casa del doctor Prietto después de correr, se dio un largo baño caliente y luego se acurrucó junto a Faustina en la cama de las visitas. Ella se movió, pero no despertó. El hombre hundió su cara en la nuca de ella y, en sólo tres minutos, se quedó dormido. El hombre cayó en un sueño, y en un principio parecía ser el mismo que había tenido todas las noches desde su reanimación. En este, rostros —algunos conocidos, otros no— aparecían y desaparecían de su vista. Labios se movían, palabras se enunciaban, pero el hombre no alcanzaba a discernir lo que significaban. Luego, silencio. No podía oírse nada. De pronto, el amorfo entorno se transformaba en una playa, y el hombre aparecía parado en la orilla del agua. Bajó la mirada, y fue en ese momento que el sueño divergió del de otras noches. Una pequeña barca flotaba en el agua frente a él, pero en vez de llevar un cuerpo envuelto en un manto blanco, llevaba a Faustina, sentada adentro con un ondulante vestido blanco. Una voz le ordenó al hombre subir a la barca.

—¿Adónde vamos? —le preguntó el hombre a la voz incorpórea.

—Todo te será revelado si estás listo para verlo —respondió la voz.

Y el hombre hizo lo que se le ordenó. Se sentó cerca de Faustina y la barca comenzó a avanzar como con voluntad propia; el chapoteo del agua creaba un extraño susurro.

Mientras la barca se movía a paso constante por lo que parecía ser un lago infinito, el hombre se olvidó de que Faustina estaba sentada cerca de él. El estómago le rugió y le permitió a su mente divagar hacia suntuosas comidas imaginarias —contrario a otras versiones del sueño— de las que ahora tenía recuerdos. Los alimentos eran tan maravillosos que lo llenaron de una enorme alegría y calidez. La barca llegó al fin a la otra orilla del lago. El hombre desembarcó y le extendió una mano a Faustina para ayudarla bajar a la arena tibia. El hombre se frustró consigo mismo por haber olvidado pedirle más instrucciones a la voz sin cuerpo. No importaba. Seguirían adelante. Al hacerlo, el hombre notó que el terreno comenzaba a cambiar. De lo que ahora era un rocoso y escarpado suelo brotaban extraños árboles. El hombre y Faustina caminaron durante un largo tiempo, y se agotaron, cada paso más y más difícil que el anterior. Los pies descalzos del hombre comenzaron a sangrarle, cortados por el filo del suelo rocoso. Faustina parecía no encontrarse con rocas filosas; sus pasos se mantuvieron ligeros e imperturbables por el dolor o la incomodidad, a pesar de que estaba tan exhausta como el hombre. El hombre se dio cuenta entonces de que el terreno se había vuelto más fantástico con cada paso que habían dado. En efecto, las siluetas que veía parecían convertirse en algo más que el suelo, más parecido a un lenguaje. No era cualquier lengua, sin embargo, sino un idioma de jeroglíficos antiguos y misteriosos que le hablaban sólo a él. Por alguna razón,

Faustina no comprendía lo que las siluetas decían, y no parecía importarle. Sin demasiado esfuerzo, el hombre logró descifrar el mensaje. El hombre ahora sabía qué tenía que hacer y a dónde debían ir.

El hombre, armado de conocimiento, llegó por fin al lugar en el que podría permitirse descansar y acomodar sus ideas. Faustina encontró una roca lisa en la que podía sentarse, y esto le trajo un gran alivio al hombre. El hombre alzó la mirada y vio una enorme roca con la forma de una mano que sostenía un higo maduro. La roca se balanceaba sobre un pedestal de piedra que salía de entre la arena. Con una agilidad que no poseía cuando estaba despierto, el hombre escaló hasta la roca y la examinó. Colocó la mano derecha sobre la roca y la base de piedra y sintió la frescura de su superficie. El hombre cerró los ojos y ofreció una sencilla bendición para el vacío que acariciaba: «Que tu historia esté completa». Retiró la mano, asintió y volvió a bajar.

Tras unos momentos de silencio, el hombre y Faustina emprendieron el camino de vuelta hacia la barca. Caminaron a través de un extraño y escarpado terreno que dio paso de a poco a la vuelta de la amable arena que encontraron en un principio. El sol les calentó el cuerpo y la arena suave les envolvía los dedos de los pies con cada paso. Pero su serenidad se vio destruida cuando un grupo de figuras oscuras y sin rostro los rodeó. El hombre intentó gritar, pero no podía abrir la boca. Faustina desapareció de pronto. Las figuras oscuras le jalaban los brazos —primero el izquierdo, luego el derecho— y le mordían la cara y el cuerpo mientras gruñían como perros rabiosos. La tortura siguió y siguió. El único consuelo para el hombre era que Faustina se había librado del terror, pues no la veía por ningún lugar. Al fin, las figuras soltaron al hombre en el suelo y se alejaron mientras mascullaban sonidos obscenos que no alcanzaban a ser palabras. El hombre yacía en el suelo, amoratado y ensangrentado, pero con el tiempo pudo recobrar la fuerza para ponerse de pie. El hombre se palpó el cuerpo y comprobó que estaba intacto. De a poco, reanudó el trayecto, rengueando por el dolor a cada paso. Se preguntó en dónde estaba Faustina, pero no lograba forzarse a buscarla. El hombre se sentía obligado a seguir adelante.

El hombre llegó a la barca, que parecía estar esperándolo. Subió, se sentó y cerró los ojos. El hombre sintió que la barca se movía, deslizándose por el vasto lago en la dirección por la que había llegado. Después de un tiempo sintió una presencia cerca de la barca, flotando en el agua en la cercanía. El hombre abrió los ojos de golpe; lo que vio lo hizo sonreír. A unos metros de la proa de la barca, las figuras que lo habían atacado estaban flotando. La justicia existe, pensó. La barca pasó junto a los cuerpos y el hombre sonrió satisfecho al ver los restos flotantes de quienes habían sido sus torturadores.

Después de un tiempo, la barca llegó a la orilla. Sus heridas y golpes se habían curado como por arte de magia; se sentía sano y fuerte. Cerró los ojos para descansar. Al abrirlos, Faustina estaba sentada a su lado, como estaba cuando emprendieron el viaje. ¡Qué alegría! La barca al fin llegó a su destino, y el hombre bajó primero. Le ofreció la mano derecha a Faustina, pero en ese momento, antes de que ella pudiera tomarla, el hombre cayó en la oscuridad, a una velocidad desconcertante, en un profundo, profundo abismo. Antes de llegar al fondo, despertó del sueño.

El hombre se sentó y miró a su alrededor. En un principio no lograba recordar en dónde estaba; luego supo que estaba en el cuarto de visitas del doctor. Vio a Faustina, recostada del lado frente a él, enroscada sobre sí misma, como un gato, con la cara sumida en la almohada del hombre. La sábana había caído al piso, y la tenue luz ámbar de la lámpara en la mesa de noche bañaba a Faustina en su suave brillo. El hombre le tocó la mejilla con suavidad. Suspiró, le puso la sábana encima y se acurrucó con ella antes de caer dormido, sin soñar más.

CAPÍTULO VEINTITRÉS

—¿Estás listo? —preguntó Faustina.

—Sí —dijo el hombre—. Creo que sí.

Estaban sentados en el coche de Faustina, que había estacionado justo debajo de un olmo perenne frente a una hilera de casas construidas después de la Segunda Guerra Mundial, para soldados que volvían a casa y necesitaban su pedazo del «sueño americano». No obstante, con el paso de los años, las casas se hicieron de diferentes colores; algunas las adornaron con nuevas ventanas y todo tipo de paisajismo, de forma tal que su uniformidad original había casi desaparecido. El hombre y Faustina no sabían nada de esto. Lo único que sí sabían era que la dirección de la pequeña casa café era la que el doctor les había dado. El sol del mediodía calentaba el interior del auto. Habían querido llegar más temprano, pero el doctor los dejó dormir hasta tarde y luego no pudo dejar de contarles historias durante el delicioso desayuno.

—¿Y estás cómodo con la historia que el doctor Prietto sugirió? —El hombre inhaló profundamente—. Porque si no lo estás —continuó Faustina—, podemos irnos en este instante y no hacerlo. Sé que no te gusta mentir.

—Puedo encontrar algo de verdad en la historia que nos sugirió —respondió el hombre—. De cierto modo, la historia que nos propuso es más cierta que mi propia historia... al menos al compararla con la historia de mi vida actual.

—Bueno. Si tú estás bien, yo estoy bien. Es casi como preparar a un testigo para un interrogatorio. No te alejes de lo que sientas como verdadero, porque van a darse cuenta de que estás mintiendo.

El hombre se desabrochó el cinturón de seguridad y se agachó para tomar la caja de cartón. Se quedó sentado un momento, escuchando su propia respiración. Adentro, afuera; adentro, afuera. Respiraciones largas y controladas para ralentizarse el corazón, aplacar sus nervios. Luego, de a poco, el hombre abrió su puerta, bajó del coche y se paró debajo del árbol. Faustina sacó las llaves de la ignición y luego acompañó al hombre sobre el pasto junto a la acera. Las nubes oscurecían el sol al mediodía. Faustina entrelazó el brazo izquierdo con el brazo derecho del hombre; el hombre abrazaba con firmeza la caja de cartón contra su pecho. Comenzaron a caminar hacia la pequeña casa café con pasos lentos y cuidadosos.

—Aún estamos a tiempo de darnos vuelta —dijo Faustina.

—No —dijo el hombre.

Llegaron a la puerta. El hombre tocó el timbre y esperaron. Tras unos segundos, la puerta se abrió, pero el mosquitero de metal se mantuvo cerrado. Una mujer joven apareció en el umbral, segura detrás del mosquitero.

—¿Sí? —preguntó la mujer.

El hombre se aclaró la garganta.

—Este... estamos... buscando a Elisa Ochoa —dijo con voz delicada.

—Soy yo.

—¿Perdón? —intervino Faustina.

—Yo soy Elisa Ochoa —repitió la joven—. ¿Qué se les ofrece?

—Te imaginaba mayor —dijo el hombre.

—Ah, lo siento. Ya veo. Tengo el mismo nombre que mi mamá.

—Ah —dijo Faustina.

—¿Podríamos verla? —preguntó el hombre—. Tengo algo para ella.

—Pues... —dijo Elisa—... creo que eso sería un poco complicado.

—¿No está? —preguntó el hombre.

—Mi mamá murió hace dos años.

Una oleada de conmoción le sacudió el cuerpo entero al hombre. Se estremeció.

—Teníamos algo para ella —dijo Faustina, señalando la caja de cartón y con la historia que el doctor había sugerido en la cabeza—. Es algo que era de su hijo Fernando.

—¡Ay! —exclamó Elisa—. ¿Ustedes conocían a mi hermano?

—Sí —dijo el hombre tras recobrar la compostura y recordar los puntos principales de su historia. Le dio su nombre a Elisa y presentó a Faustina como su prometida, como acordaron hacer la noche anterior en la casa del doctor—. Fernando y yo estudiamos juntos para convertirnos en asistentes jurídicos. Como sea, terminé quedándome uno de sus libros, no sé cómo, y pensé que a su madre le gustaría tenerlo.

Con ese pronunciamiento, el hombre abrió la caja de cartón y sacó el libro. Elisa se quedó sin aliento. Se apresuró a abrir el mosquitero y dejarlos pasar.

—¡Con que ahí estaba! —dijo—. No lográbamos descifrar qué le había pasado, ¿saben?, después del accidente. Mi mamá creía que estaba en una caja más grande, con las demás cosas de Fernando que le dio ese día. Supongo que no. ¿Puedo? —El hombre le dio el libro a Elisa, que abrió la primera página. Trazó con mucha delicadeza el nombre de su hermano con el dedo índice. Suspiró—. Por favor, tomen asiento —dijo, señalando un largo sofá—. ¿Puedo ofrecerles algo?

—No, gracias —respondió el hombre—. Desayunamos bastante.

El hombre y Faustina se acomodaron en el sofá, mientras que Elisa estaba cerca, sentada en un sillón casi idéntico y continuaba pasando las páginas del libro. El hombre estudió la habitación. Era cómoda, hogareña; parecía bien vivida. Su familia no era rica, pero tenían suficiente dinero como para encontrar satisfacción en esa casa bien conservada y nada ostentosa. Volvió la mirada hacia su hermana y esperó a que terminara de revisar el libro.

—Estábamos tan orgullosos de él —dijo Elisa al llegar a la última página—. Fue la primera persona de nuestra familia en ir a la universidad. Mi papá murió cuando yo era bebé. Cáncer de pulmón, seguramente por trabajar en los cultivos de fresas con todos esos pesticidas. El inglés de mi mamá era bastante mejor porque nació aquí en Oxnard. Trabajó durante años como secretaria en Our Lady of Guadalupe Parish School. En fin, estaban tan orgullosos de Fernando cuando se graduó de San Diego State.

—Sí —dijo el hombre—. Me imagino.

—Y luego, cuando obtuvo su acreditación de asistente jurídico, fue increíble —continuó Elisa—. Fernando me decía que si él pudo ir a la universidad, yo también podría porque era más inteligente que él. —Soltó una risita—. Siempre me pareció gracioso, pero, vaya, sirvió de algo. El año que viene me gradúo de Cal State Channel Islands.

—¿Qué estudias?

—Física aplicada.

—¡Guau! —exclamó Faustina—. Una mujer en las ciencias. ¡Excelente!

—A Fernando siempre le impresionó también —dijo Elisa—. Decía que la ciencia no era lo suyo y que no la entendía. Pero le encantaba la historia y le fue muy bien en la universidad. Esa fue su carrera, de hecho: Historia de las Américas, con una especialidad en Historia Latinoamericana.

—Historia —murmuró el hombre, y dejó que la idea le diera vueltas por la cabeza—. Historia.

Elisa sonrió. Volvió a mirar hacia el libro y se quedó pensativa un momento.

—Ya sé qué hacer con esto —dijo al fin.

Se puso de pie y caminó al otro extremo de la habitación. En un rincón, junto a la chimenea de ladrillo, había una mesa cubierta con un sarape tan raído como colorido. La mesa estaba adornada con flores de cempasúchil en un florero de cristal, dos calaveritas de azúcar, un plato con pan dulce, una pequeña jarra de agua, dos veladoras con la imagen de la Virgen de Guadalupe y varias varitas de incienso que salían de un pequeño cráneo de cerámica. El hombre y Faustina se pusieron de pie y siguieron a Elisa. Fue en ese momento que vieron las dos fotografías enmarcadas, una junto a la otra, al fondo de la mesa, una de una mujer mayor y otra de un hombre joven. Cuatro fotografías más pequeñas que mostraban a las mismas personas cuando eran niños y adolescentes estaban acomodadas frente a las otras dos. Una última fotografía, más grande, de un hombre mayor se erigía por encima de las demás.

—Justo a tiempo para Día de Muertos —dijo Elisa mientras acomodaba el libro en la ofrenda—. Fernando estará feliz de encontrar su libro favorito de la infancia.

El hombre y Faustina se acercaron un poco más al altar. Las veladoras parecían parpadear y bailar un poco conforme se acercaban. Se quedaron en silencio junto a Elisa y admiraron la bella ofrenda.

—¿Quién es él? —preguntó el hombre, señalando la fotografía del hombre mayor.

—Él es mi papá —respondió Elisa—. Murió cuando yo era muy pequeña.

—Ah —dijo el hombre. Suspiró.

—Sé que desayunaron bastante, pero me encantaría que se pudieran quedar a comer —los invitó Elisa tras unos momentos—. Voy a hacer una rica ensalada, así que no será algo muy pesado.

El hombre miró a Faustina en busca de una respuesta. Ella se encogió de hombros. Estaba claro que era una decisión que él tenía que tomar. El hombre volvió a dirigirse a Elisa.

—Sí —dijo.

—Sería un honor —añadió Faustina.

—¡Qué bien! Quiero hablar sobre mi hermano —dijo Elisa—. Desde que mi mamá se fue, he estado sola en esta casa con todos los recuerdos. Será lindo poder hablar con alguien que conoció a Fernando. Lo extraño mucho.

—Yo también —dijo el hombre—. Yo también.

—¿Nos... —comenzó a decir Elisa mientras miraba fijamente al hombre—... conocemos? ¿En la graduación de Fernando, tal vez? ¿O en su funeral?

—No era yo —dijo el hombre, en un intento por mantenerse tan apegado a la verdad como fuera posible. No obstante, llegó a un punto en el que dejó de saber qué era verdad y qué no—. No pude estar en la graduación a causa de una situación de salud en la familia. Y estaba fuera del país cuando fue el funeral.

—Vaya —dijo Elisa—. Estaba segura de que nos habíamos conocido en algún lugar.

Faustina se incorporó con tranquilidad a la 101. Había menos tráfico que el día anterior, cuando iban a Oxnard desde Pasadena. Al menos el viaje de vuelta a casa no sería tan largo. El hombre miraba a los demás autos. Tenía el estómago lleno de comida deliciosa y la cabeza ocupada con las historias de Elisa sobre Fernando. El hombre al final no dijo mucho; sólo escuchó a su hermana hablar y hablar sobre la persona que alguna vez fue. Le gustó lo que oyó. Fernando era un hombre gentil, alguien que trabajaba mucho y se ocupaba de su madre y hermana. Fernando también tenía ciertos problemas para mantener relaciones, no porque fuera mala persona, sino porque era inseguro y un poco tímido. Esa era la opinión de Elisa, cuando menos. El hombre se rio por lo bajo.

—¿Qué es tan gracioso? —preguntó Faustina.

—Pues —comenzó a decir el hombre—... creo que me hubiera caído muy bien.

Faustina asintió, vaciló, y decidió no decir nada. Continuaron el viaje en silencio hasta llegar a Pasadena.

TRANSCRIPCIÓN PARCIAL DE LA COBERTURA DE MSNBC DE LA NOCHE DE LA ELECCIÓN.
Con Joy Reid, Ari Melber y Steve Kornacki

MELBER: Y volvemos de la pequeña pausa comercial con más de nuestra cobertura de la elección. Volviendo a lo que Joy decía antes de la pausa, las encuestadoras deben de estar bastante avergonzadas en este momento, al ver los números que empiezan a salir. Estas elecciones de media legislatura no están resultando como predijeron.

REID: Todos oímos estas narrativas sobre la oleada electoral, y estuvieron muy equivocadas. ¡Digo muy, muy equivocadas!

MELBER: Sí, sin duda. Y creo que Steve Kornacki tiene más números en nuestro enorme muro electoral. ¿Steve? ¿Qué te tiene tan emocionado por allá? ¿Alguna noticia?

KORNACKI: Sí, vaya, los resultados de Arizona, Nevada y Nuevo México comienzan a llegar. Recién recibimos una tonelada de datos de estos estados del oeste. Si los números siguen llegando a esta velocidad, podríamos tener una noche más corta de lo que creíamos.

REID: Según puedo ver, parece que la gente en la Casa Blanca no estará muy contenta en estos momentos.

Estaban contando con una oleada en estas elecciones, pero parece que no será ni un chapoteo.

KORNACKI: ¡Así es! Veamos este distrito de Arizona que tenemos aquí. Vamos a movernos y expandirlo. ¡Ups! Lo intentaré de nuevo. Así es la televisión en vivo, ¿eh? Bien, ya está, funcionó. Miren, en el último conteo antes de esta marejada de resultados, el candidato respaldado por la presidenta para esta curul en la Cámara lideraba por tres puntos; pero, vean, al añadir estos nuevos números... ¿Lo ven?

REID: ¡Caray! ¡Miren nada más!

KORNACKI: La ventaja cambió por completo. Vaya, estos números no dejan de llegar, y está claro que el voto temprano, que se tabula después de los votos hechos en las urnas, no parece estar a favor de la presidenta. Lo mismo está ocurriendo en Nevada y Nuevo México, y lo podemos ver en estos resultados de aquí y de acá. Estos tres estados clave parecen perfilarse todos de la misma forma para las elecciones de la Cámara, pero parece ser que también para el Senado. De hecho, si la tendencia presente continúa de esta forma, la presidenta perderá las tres senadurías que estaban en disputa en estos estados. No pinta nada bien; las encuestas sugerían una elección que desafiaría la historia y le permitiría a la presidenta mantener o incluso ampliar su mayoría tanto en la Cámara como en el Senado.

MELBER: Y si las cosas continúan de esta forma, esto podría no sólo bloquear la agenda legislativa de la presidenta, sino que también podría afectar posibles designaciones a las judicaturas federales, y ni hablar de la Suprema Corte, si alguna vacante se presenta durante los próximos dos años. La presidenta quedará en una posición de absoluta debilidad.

REID: Una observación rápida, Steve, sólo para continuar con la idea, pues la presidenta Cadwallader había elegido, avalado y hecho campaña con candidatos en las elecciones primarias de su partido que, como dirían los observadores más objetivos eran la peor opción para su partido en estados como Nevada, Arizona y Nuevo México. En un estado como Arizona, ¿hay una medida de qué tan a favor de Cadwallader está el electorado? Porque en algunos de los demás estados clave las posibilidades de que el partido de oposición salga avante crecieron cuando las personas que Cadwallader eligió se convirtieron en los candidatos de su partido.

KORNACKI: Sí. Como ya he dicho, en Arizona el margen hace dos años fue de casi seis puntos para Cadwallader, y ganó el mismo estado hace cuatro años, aunque sólo por dos puntos. Así que, sí, mucha gente creyó que era un estado casi garantizado para el partido de la presidenta. Pero ahora vean esto, incluso en los suburbios en que la presidenta tuvo tan buenos resultados, los márgenes son prácticamente inversos, distrito tras distrito. Es un auténtico cambio en la marea. Es algo que no se ve con frecuencia. Y es una verdadera sorpresa, pues el índice de aprobación de la presidenta es bastante sólido —en términos históricos— y las encuestas en estos tres estados pintaban muy bien para los candidatos que eligió personalmente.

MELBER: Pero no podemos olvidar la cruzada antirreanimación de la presidenta —si se me permite el término—, puede haberle costado cara en las encuestas de salida que vio recién.

REID: Cierto, los estados del oeste incluyen a algunas de las comunidades de personas reanimadas más grandes; basta ver los números de la población y los patrones de voto. Todo el mundo pensó que la campaña de «Estados Unidos para los estadounidenses de verdad» de la presidenta sería un éxito, y las encuestas parecían respaldar la idea, pero... ¿saben qué? La única encuesta que importa es la que sucede en las urnas el día de la elección. Es un dicho muy viejo, pero es cierto.

MELBER: ¡Sí! Eso era justo en lo que pensaba yo. Las comunidades reanimadas se organizaron y se registraron para votar en números muy elevados en comparación con la base de votantes de la presidenta. Y creo que las encuestas no las tomaron en cuenta o no las consideraron de forma adecuada, pues no aparecieron en sus números. Y, sin duda, el Muro de Steve nos lo está mostrando.

REID: Steve Kornacki, eres el mejor. Muchas gracias. Agradecemos mucho tu trabajo. Steve seguirá en el Muro Electoral toda la noche con más resultados de esta jornada electoral, que no dejan de llegar. Y sin duda seguiremos al pendiente de los números de los estados clave.

MELBER: ¡Sí, Steve es el mejor!

KORNACKI: Bueno, hay mucha gente detrás de cámaras que ayuda con todo este trabajo. Yo sólo soy quien se los presenta.

REID: ¡Y es muy modesto también! Pero es cierto, hay una enorme cantidad de gente increíble trabajando para que esta noche sea posible.

MELBER: Otra cosa que es cierta es que tenemos que hacer una nueva pausa comercial. Volveremos después de estos mensajes con todos los números de esta emocionante contienda electoral y más de Steve Kornacki y su gran Muro Electoral. Y parece que hay un nuevo resultado decidido. Esto y más después de la pausa.

KORNACKI: El resultado se está tabulando en estos momentos. Estamos calculando las probabilidades de acuerdo con los votos que faltan por tabular. Parece que tendremos un resultado concreto en un par de minutos sobre uno o incluso dos de los estados clave de esta noche.

REID: ¡Bien, Kornacki! Podría escucharlo toda la noche. En especial cuando algunas de estas contiendas están llegando a su conclusión mucho antes de lo esperado. No comamos ansias, ¿cierto? Tenemos que oír qué es lo que dice la gente, no las encuestas ni los comentaristas como nosotros, ¿no crees?

MELBER: Totalmente de acuerdo. Esperemos a ver cómo resulta todo. Y volveremos después de unas palabras de nuestros patrocinadores, quienes hacen que todo esto sea posible.

REID: ¡Y que pagan para que tengamos nuestro Muro!

MELBER: Sí, no podemos olvidarnos del Muro Electoral. Regresamos después de una breve pausa, queridos televidentes. Aún queda mucho por descubrir de esta intrigante jornada.

FIN DE LA TRANSCRIPCIÓN

CAPÍTULO VEINTICUATRO

El hombre estaba sentado, solo, en la isla de la cocina. Ese día no tenía que ir a la oficina, así que tenía puesta una polo azul deslavada, Levi's y sandalias. Miró las dos piezas de pan dulce que estaban sobre su plato: una concha rosa, la otra blanca. Una taza de café humeante estaba cerca. El hombre inhaló el aroma de su desayuno e intentó asignarle una palabra a lo que sentía en ese momento. El sol matutino estaba opacado por las oscuras nubes que amenazaban con traer lluvia, por lo que el hombre hacía encendido todas las luces de la cocina, que ahora iluminaban su desayuno como un faro que se extiende sobre el mar. Meditó sobre su desayuno.

¿Qué es lo que quiero?

Eso era lo que se preguntaba en ese momento. El hombre sabía que debería querer algo mientras admiraba sus alimentos matutinos, una comida que recién había cambiado de su habitual pan integral tostado con mantequilla.

¿Qué es lo que quiero?

El hombre sintió que algo lo observaba. Giró el rostro hacia la ventana de la cocina y entrecerró los ojos. *¡Ah!* Nacho, el gato del vecino, estaba sentado al fondo del jardín comunal de su edificio, sobre una pared baja, viéndolo. Su amigo, el gato atigrado. El gato parpadeó, se relamió los labios, pausó, parpadeó de nuevo y emprendió la huida. El hombre volvió a enfocarse en su desayuno y apoyó las palmas de las manos a cada lado de su plato. El fresco cuarzo blanco se sentía firme y estable contra su piel.

Reformuló la pregunta.

¿A quién quiero?

El hombre se concentró en los contornos de sus manos. Seguían sin ser iguales, por supuesto. Diferentes tamaños, diferentes colores. Ese hecho no cambiaría, contrario a su desayuno. Contrario al resto de su vida. Entonces, la respuesta le vino a la cabeza.

Quiero a Faustina.

A Faustina no le importaba su cuerpo remendado. A veces, el hombre la descubría mirándole las manos, no de forma cruel ni prejuiciosa, sino de una manera amable, gentil y considerada. Así pues, otra pregunta tomó forma en su mente.

¿Qué es lo que quiere Faustina?

El hombre fue a tomar una de las conchas. Vaciló al elegir entre la rosa y la blanca. Su mano derecha flotaba por encima del plato de pan dulce.

—Escoge una y déjame la otra, guapo. —El hombre se dio vuelta y vio a Faustina caminar por detrás de la isla, abrir un gabinete y tomar una taza para servirse algo de café. Luego miró al hombre—. ¿Queda media crema? —Antes de que el hombre pudiera responder, Faustina abrió el refrigerador, estudió sus contenidos y profirió un alegre *¡Sí!* antes de tomar el pequeño cartón—. No queda mucha —dijo—. Deberías de ponerla en tu lista de compras. —Después de que Faustina hubiera aclarado su café lo suficiente, devolvió el cartón al refrigerador, caminó por la orilla de la isla y se asentó en el banco que estaba junto al hombre—. Esta vez usé mi propio desodorante y shampoo, guapo.

—¿Eh? —dijo el hombre, confundido.

—No más Irish Spring para mí. Ese es tu aroma. Llené tu gabinete del baño con algunos productos para mí, como sugeriste. Ahora hay, incluso, algunos productos de higiene femenina. ¡Más vale que te acostumbres, querido! Pero lo hice de acuerdo con tu sugerencia, ¿okay? Y debo decir que fue una sugerencia muy considerada, guapo.

—Sí, lo fue.

Faustina se rio.

—Y gracias por comprar la secadora de cabello —añadió con un dramático movimiento de la cabeza que hizo que su cabello se expandiera en el aire—. Ahora me veo sencillamente fabulosa.

El hombre notó cómo el cabello grueso, rizado y negro de su acompañante rebotaba con una cierta delicadeza. Olía a su propio shampoo en combinación con su perfume habitual. Admiró cómo Faustina podía verse tan hermosa con un atuendo tan sencillo como una playera blanca, jeans y tenis blancos.

—Eres hermosa —dijo el hombre—. Me gusta mirarte.

—Qué encantador, oye.

—Lo digo en serio. Eres hermosa.

—Tú también eres hermoso. —El hombre se sonrojó—. ¿Rosa o blanca? —preguntó Faustina.

—No lo sé —admitió el hombre—. Parece que soy incapaz de tomar una decisión. El pan integral tostado hacía que mis opciones fueran más sencillas.

—Lo más sencillo no siempre es lo mejor.

—Eso es cierto.

—¿Qué te parece si yo escojo primero?

—Sí. Escoge tú primero. Me harás la vida más fácil.

—Escojo la rosa —dijo Faustina mientras alcanzaba la concha de su elección—. En honor a mi Barbie interior.

—Sí —dijo el hombre. Sonrió.

—Así que la que queda es para ti.

—Sí.

Faustina le dio una mordida a su concha. Una lluvia de azúcar rosada le cayó en el regazo. El azúcar también le cubría los labios. Se rio, se encogió de hombros y le dio un enorme trago a su café. El hombre sonrió, tomó su servilleta y le limpió los labios a Faustina.

—Todo un caballero —dijo ella. El hombre tomó la concha blanca, la sostuvo frente a su boca durante unos tres segundos y luego la mordió. Una pequeña sonrisa se le dibujó en los labios y asintió en señal de aprobación—. Y para la próxima —dijo Faustina—, cuando te quedes en mi casa, comeremos blintzes de queso en honor a mi padrastro judío.

—Sí. Me gustaría. Creo que nunca he probado uno.

—Mientras sigas preparando tan buen café, guapo, tenemos un trato.

—Gracias —dijo el hombre.

Después de unos momentos en los que comieron en silencio, Faustina volvió a hablar.

—¿Ya hiciste el Wordle?

—Todavía no.

—Lo resolví en tres intentos.

—Siempre me ganas.

—Porque soy muy buena con las palabras, guapo —dijo Faustina—. Aunque a veces intento usar palabras en español que también cabrían a la perfección, pero los dioses del Wordle las rechazan.

—Lo haré más tarde, cuando esté más despierto.

—Yo lo hice medio dormida, antes de tomar una sola gota de café.

—Entonces la competencia será un poco más pareja —dijo el hombre.

Faustina asintió y le dio un largo trago a su café. Terminaron de desayunar en silencio. Faustina luego se puso de pie, puso su taza en la tarja, caminó de vuelta hacia donde estaba el hombre y le dio un beso en la mejilla izquierda.

—Tengo que ir a ver a mi mamá y a Saúl —anunció—. Necesitan ayuda con la computadora.

—Puedo pasar a visitar más tarde —respondió el hombre—. Tengo que ir al mercado y comprar unas cuantas cosas, y luego hacer un par de mandados.

—Tan organizado —dijo Faustina—. Ven a vernos cuando termines. A mi mamá y Saúl les gustaría. Les caes bien, ¿sabes?

—Y ellos a mí. Y sé que les da gusto vernos juntos.

—Gracias por ser tan considerado.

—Nada que agradecer.

Faustina tomó su bolsa y las llaves del coche y le dio un beso más en la mejilla al hombre. El hombre se volvió hacia ella y le besó los labios. Ella le devolvió el beso, largo y lento. Al fin, Faustina se separó de él y le acarició la mejilla.

—¿Qué te parece si compras algo de Urbano Mexican Kitchen para la cena? —le preguntó después de un momento de reflexión—. Me encanta el burrito de carne asada de ahí.

—Suena bien —dijo el hombre, mientras absorbía el aroma de Faustina con una profunda inhalación—. ¿O tal vez tacos de Guisados?

—¡Ay, guapo! ¿Por qué sugerirías otra opción igualmente perfecta?

—Lo siento.

—¡Me estás convirtiendo en el culo de Buridan! Me voy a morir de hambre por no poder decidir.

—¿En el culo de quién?

—Te lo explico luego —dijo Faustina—. Ya voy tarde.

—Ya lo sé.

Faustina suspiró, se dio vuelta y salió del departamento. En el silencio de la cocina, el hombre pensó en la mujer que acababa de irse. Aún podía sentirla en sus labios.

Faustina Godínez

El hombre dijo el nombre en voz alta

Faustina Godínez

El hombre jamás olvidaría su nombre, a menos de que quisiera hacerlo. Dudaba que ese fuera el caso alguna vez.

Faustina Godínez

El hombre sonrió. Puso la mirada sobre los dos libros en la isla de la cocina que el doctor le había dado la semana anterior en Oxnard. Tomó *... y no se lo tragó la tierra*, de Tomás Rivera. Lo abrió en el lugar en el que había puesto el separador y comenzó a leer. Después de unos momentos, tuvo de nuevo la sensación de que alguien lo observaba. Se dio vuelta hacia la ventana y entrecerró los ojos. Ahí estaba Nacho, erguido sobre la pared, devolviéndole la mirada. Intercambiaron miradas durante un largo momento. El hombre al fin soltó una pequeña, casi imperceptible risa antes de regresar a su libro.

Después de leer durante media hora, el hombre colocó el separador con mucho cuidado en el lugar en el que había dejado de leer y reflexionó por un instante. Se frotó la barba incipiente. Tendría que afeitarse en ese momento o esperar a más tarde. O, quizá, podría no afeitarse del todo ese día; era, a final de cuentas, el fin de semana y podría dejar a su cuerpo descansar de su habitual meticulosidad. El hombre era el dueño de su tiempo. No tenía razones para hacer lo que había planeado. Tenía la libertad de deshacer esos planes y crear unos nuevos. Los mandados podían esperar. Se puso de pie, se estiró, se detuvo un momento y, luego, caminó a su habitación y se puso la ropa para correr.

MEMORÁNDUM DE CONVERSACIÓN TELEFÓNICA[1]

ASUNTO: Conversación telefónica con el vicepresidente Martin Krempe

PARTICIPANTES: Presidenta Mary Beth Cadwallader
Vicepresidente Martin Krempe
Escuchas: Sala de Situaciones de la Casa Blanca

FECHA Y HORA: 10 de noviembre; 9:05 – 9:23, hora del Este

LUGAR: Residencia

POTUS: ¿Cómo va Alemania?

VICE: Bien, creo. Puedo darle detalles concretos sobre la situación militar más tarde. Tengo varias reuniones más. Los alemanes quieren más apoyo. Ya sabe, las cosas están tensas, así que...

POTUS: Puede esperar. Tengo las elecciones en la cabeza. Nos jodieron de cabo a rabo.

---

[1] PRECAUCIÓN: Un memorándum de una conversación telefónica (Contel) no es una transcripción precisa de una discusión. El texto en este documento es registro de las notas y recuerdos de los oficiales de la Sala de Situaciones y el Consejo de Seguridad Nacional asignados para escuchar y documentar la conversación de forma escrita de manera simultánea. Varios factores pueden afectar la precisión del registro, incluyendo problemas de conexión y variaciones de acentos y/o interpretaciones. La palabra «incomprensible» se usa para señalar porciones de la conversación que el escucha no logró captar.

VICE: Quisiera poder haber estado ahí. Podría haber hecho más para ayudar.

POTUS: No, hiciste más que suficiente.

VICE: [INAUDIBLE]

POTUS: No, lo digo en serio. No sé qué carajos más podríamos haber hecho. ¿Ya viste los números? Siguen contando los votos por correo, pero parece que los zurcidos de mierda votaron en masa en contra de mis candidatos. Hijos de puta.

VICE: Lo sé. Vi el análisis en MSNBC.

POTUS: ¿Qué carajos haces viendo MSNBC?

VICE: Me gusta ese tal Kornacki y su Muro Electoral. No les presto atención a lo demás.

POTUS: A todo el mundo le encanta el estúpido Muro.

VICE: Pero los números...

POTUS: Sí, los números son brutales.

VICE: La participación de los reanimados me hizo pensar...

POTUS: Por cierto, tienes el tartamudeo bastante bajo control. Estoy impresionada.

VICE: He estado trabajando en ello. Gracias. Además, es una conversación entre dos personas, así que estoy más relajado.

POTUS: Tal vez podríamos usarte con más frecuencia...

VICE: En fin, por la forma en que Kornacki explicó los números, me puse a pensar...

POTUS: [INAUDIBLE]

VICE: Jaja, sí. Pues me puse a pensar que, si elimináramos el voto de los reanimados de la ecuación, hubiéramos tenido una muy buena jornada.

POTUS: Demasiado tarde para eso. Y tú te enfrentarás a lo mismo en dos años, si es que consigues la nominación. Tal vez es hora de actualizar tu currículum.

VICE: Pero ese el punto.

POTUS: ¿Cuál es el punto? ¿Ya estás buscando otro trabajo?

VICE: No, no. Aprendimos algo de estas elecciones de media legislatura. Si podemos eliminar el voto reanimado de la ecuación, no tendremos problemas en dos años.

POTUS: ¿Y qué? ¿Quieres arrearlos y encerrarlos en campos de concentración o algo así?

VICE: Bueno, esa sería una opción.

POTUS: Momento. ¿Qué es lo que quieres decir?

VICE: Mire, ya tiene control absoluto, o casi absoluto, sobre la Suprema Corte. Así que cualquier Orden Ejecutiva que emitiera sobreviviría a una disputa legal, ¿no es así?

POTUS: Continúa. Me gusta lo que estoy oyendo.

VICE: La reanimación ya es ilegal. El siguiente paso lógico es hacer a los sujetos reanimados mismos ilegales.

POTUS: Ajá...

VICE: Y si son ilegales, ¿qué derechos tienen? No muchos, si me lo preguntan.

POTUS: Continúa...

VICE: Así que, en los siguientes meses, podemos...eh... puede empezar a firmar Órdenes Ejecutivas, cada una de las cuales apriete más la soga.

POTUS: Ya veo...

VICE: Ya sabe, la primera podría limitar su libre tránsito y negarles ciertos trabajos. Tal vez la siguiente podría prohibir el matrimonio entre reanimados y normales. Una más podría cerrar las fronteras a los reanimados de otros países.

POTUS: ¡Sí! ¡Que no entren los malditos zurcidos!

VICE: Luego, el siguiente paso lógico sería segregarlos en diferentes lugares para poder monitorearlos hasta que decidamos el siguiente curso de acción. Y luego...

POTUS: ¿Y luego?

VICE: Usamos la última Orden Ejecutiva para quitarles el voto.

POTUS: ¡Sí!

VICE: Pero tiene que ser algo gradual.

POTUS: Paso a paso.

VICE: Incremental.

POTUS: De chorrito en chorrito.

VICE: Pero no demasiado lento.

POTUS: Caray. Por fin me impresionas.

VICE: Gracias.

POTUS: Esto podría funcionar, ¿sabes?

VICE: Podría, pero no lo sabremos hasta que lo intentemos.

POTUS: Ay, y ahora eres filósofo también. El sexo en Alemania debe de ser constante y de calidad o algo.

VICE: Bárbara vino conmigo. De hecho, es nuestro 25° aniversario.

POTUS: Así que, definitivamente, no hay sexo de por medio. Bien, pues tal vez fue el *schnitzel* el que te incendió el culo para que te pusieras a trabajar como un verdadero profesional. ¿Quién sabe? Sea lo que sea, te pusiste el maldito sombrero de genio por primera vez.

VICE: Vaya, gané dos elecciones para el Senado, creo que tengo un poco de...

POTUS: Quiero que estés al frente del equipo que redacte esas putas Órdenes Ejecutivas.

VICE: Sería un honor. Lo más patriótico que podría hacer.

POTUS: Tengo un desayuno con el estúpido embajador mexicano en cinco minutos. Lo único bueno del asunto es que vamos a comer huevos rancheros. Amo la comida; odio al país. Volveremos a esto después.

VICE: Sí.

POTUS: Y... ¿sabes qué?

VICE: ¿Qué?

POTUS: A fin de cuentas, no fuiste un error.

VICE: ¡Ja! Gracias, señora presidenta. Significa mucho oírlo viniendo de usted.

POTUS: Así debería de ser. Así debería ser...

FIN DE LA TRANSCRIPCIÓN

CAPÍTULO VEINTICINCO

El hombre salió de su departamento, cerró la puerta y se adentró en el frío vespertino. Examinó las nubes grises que oscurecían el sol y sumían al vecindario en sombra. Las nubes pasaron pronto y la mañana volvió a esclarecerse. Estiró las piernas y con los brazos dibujó tres círculos en el sentido de las manecillas del reloj. Inhaló profundamente, se puso la sudadera y emprendió su habitual carrera. Giró a la izquierda en Hurlbut Street, hacia Pasadena Avenue. De pronto se detuvo. Solía doblar a la izquierda, pero ese día haría algo diferente, así que dobló a la derecha. Estiró las piernas dando largas zancadas mientras sus músculos entraban en calor. Las piernas y brazos se le movían de forma adecuada, como uno solo, construido a la perfección, como un antiguo reloj de bolsillo, pero con partes dispares rescatadas de distintos lugares. No obstante, todas las piezas encajaban, a su propia manera. En aquella fresca mañana, su respiración se fue acelerando a medida que sus piernas fueron acelerando el paso. Su mente se fue sintiendo más libre y clara mientras corría y corría y corría.

ACERCA DEL AUTOR

Daniel A. Olivas, nieto de migrantes mexicanos, nació y creció en Los Ángeles. Es un galardonado autor de ficción, no ficción, obras de teatro y poesía, incluyendo *My Chicano Heart: New and Collected Stories of Love and Other Transgressions* (University of Nevada Press), *How to Date a Flying Mexican: New and Collected Stories* (University of Nevada Press) y *Things We Do Not Talk About: Exploring Latino/a Literature through Essays and Interviews* (San Diego State University Press). Olivas coeditó *The Coiled Serpent: Poets Arising from the Cultural Quakes and Shifts of Los Ángeles* (Tía Chucha Press) y editó *Latinos in Lotusland: An Anthology of Contemporary Southern California Literature* (Bilingual Press).

Olivas ha aparecido en diversas antologías, además de escribir sobre cultura y literatura para *The New York Times, Los Angeles Review of Books, Los Angeles Times, Alta Journal, Jewish Journal, Zócalo, Latino Book Review y The Guardian*. Escribe regularmente para La Bloga, un sitio dedicado a la literatura y las artes Latinx. Olivas tiene una licenciatura en Literatura inglesa de la Universidad de Stanford y un posgrado en leyes de UCLA.

Durante el día, Olivas es abogado y vive en California con su esposa (y novia de la escuela de leyes), Susan Formaker, quien es jueza en ley administrativa. Tienen un hijo, Ben Formaker-Olivas, quien se graduó de UCLA y trabaja en la industria de los videojuegos.

AGRADECIMIENTOS

Tal y como he admitido en varias ocasiones, dar las gracias es una trampa llena de peligros, pues es imposible enumerar a cada persona involucrada en la creación de un libro. Sin embargo, haré un intento de esta imposible tarea, como un Sísifo contemporáneo, así que pido una disculpa si tu nombre no aparece aquí; sabes quién eres, y que estoy profundamente en deuda contigo.

Un gran abrazo chicano a mi editora, Laura Stanfill, fundadora de Forest Avenue Press. Tu entusiasmo y comprensión de mi novela es todo lo que un autor pudo haber deseado jamás. Te agradezco con todo mi corazón. También agradezco a Fernanda Martínez de Editorial Planeta por contactarme para traducir mi novela al español. Tu compromiso con mi libro ha sido persistente y absoluto. Estoy fascinado de que esta novela estará disponible para una audiencia enteramente nueva, incluyendo mi familia en México. ¡Mil gracias a ti y a Planeta!

Muchas gracias a esos apasionados y brillantes editores de revistas, periódicos, antologías, prensas y diarios literarios que me han publicado o han escrito sobre mi trabajo durante los años. Escribir es un oficio solitario, lleno de decepciones y obstáculos, así que su apoyo me ha empujado a seguir adelante, a pesar de la pequeña y molesta voz dudosa que invade mi cabeza por las noches, cuando me encuentra indefenso.

Quiero dar otro gran abrazo chicano a los muchos escritores talentosos y resueltos que me han dado fuerza e inspiración en mi vida literaria. Enlistar sus nombres requeriría todo un libro en sí. Como lo he hecho ya antes, agradezco adicionalmente a mis colegas *bloggers* en el sitio literario La Bloga: su apoyo nunca falla en nuestra vocación tan extraña.

En mi trabajo, agradezco a mis amigos en el Departamento de Justicia de California, quienes han leído mis libros y asistido a mis lecturas virtuales y en persona. Ustedes continúan ayudándome a balancear mi vida de abogado con mi vida de autor.

Agradezco a mis padres, quienes siempre se aseguraron de que fuéramos una familia de libros y de que usáramos nuestras credenciales de la biblioteca. Ustedes les enseñaron a sus hijos a amar y apreciar la lectura, las artes y nuestra cultura. Pop, a pesar de que has dejado el mundo terrenal, sé que estás conmigo todos los días. También sé que querías ser un escritor publicado cuando eras joven, pero en los cincuentas y sesentas las editoriales no eran tan accesibles para los escritores chicanos como lo son ahora. Así que el orgullo que demostraste cuando publiqué mi primer libro hace casi veinticinco años significó mucho para mí. Te quiero y te extraño, Pop. Y Mom, tu amor incondicional y tu apoyo me han hecho el hombre que soy hoy. Tus magníficas historias familiares han enriquecido a tus hijos, recordándonos nuestras raíces y cultura mexicanas. Verás algunas de esas historias reflejadas en este, mi más reciente libro.

Finalmente, agradezco a mi esposa, Susan Formaker, y a nuestro hijo, Benjamin Formaker-Olivas. Como he dicho antes, no soy nada sin ustedes. Espero que disfruten mi nuevo libro. Está impregnado de su amor y apoyo.

FUENTES

El capítulo once está adaptado del cuento «The Last Dream of Pánfilo Velasco», publicado por primera vez en *Fairy Tale Review* (2014) y después en *The King of Lighting Fixtures: Stories* (University of Arizona Press, 2017). © 2014 by Daniel A. Olivas. Traducido y reproducido con autorización del autor.

«La historia de Fernando» en el capítulo catorce fue publicada por primera vez como parte de una serie en *Los Ángeles Times* (2003). © 2003 por Daniel A. Olivas. Traducida y reproducida con autorización del autor.

NOTA DEL AUTOR

El monstruo que llevamos dentro

Como casi todos los adultos nacidos durante el siglo pasado, mi primer contacto con *Frankenstein, o el Prometeo moderno* de Mary Wollstonecraft Shelley no fue con su novela que redefinió todo un género, sino por medio de la película clásica de 1931, en blanco y negro, de Universal Pictures, dirigida por James Whale y protagonizada por Boris Karloff en el papel del monstruo. Aquel monstruo de celuloide se grabó en mi psique como ninguna otra película de mi infancia en los años sesenta.

Y como es frecuente en los niños —y en más de unos cuantos adultos—, cometí el error de referirme al monstruo con el nombre que le pertenecía a su obseso creador, un doctor que se atrevió a jugar a ser Dios. Pero eso no importaba: ¡estaba loco por Frankenstein! Logré incluso convencer a mis padres de que me compraran un monstruo mecánico, de baterías y cabeza plana que alzaba los brazos como para atraparme mientras arrastraba los pies y emitía un desconcertante gemido metálico. Fue uno de mis regalos de cumpleaños favoritos en la vida.

Claro está, no sabía nada sobre el inmigrante griego, Jack Pierce (nacido Yiannis Pikoulas), que creó el icónico maquillaje del monstruo para Karloff. Es más, ni siquiera sabía que lo que veía en la pantalla era un actor disfrazado. A esa edad, todo era real para mí y mis padres me tranquilizaban con las palabras: «No te asustes. Es sólo una película».

¡Sólo una película! Sí, ajá. No obstante, no podía dejar de mirar, sin importar que me asustaba más que cualquier otra cosa en mi corta vida. (No podía ni imaginar que los monstruos de la adultez serían mucho más aterradores que cualquier cosa que me pasara por la cabeza en ese momento). Disfrutaba incluso de otras versiones de mi monstruo favorito en la pantalla, incluida la comedia de horror *Abbott y Costello contra Frankenstein,* con el fantástico Bela Lugosi en el papel del Conde Drácula, en busca de un cerebro «maleable» para reactivar al monstruo (interpretado con valentía por Glenn Strange). Casi como precaución, la película incluye también una trama secundaria del Hombre Lobo, interpretado por Lon Chaney, Jr. Ver la película en nuestra televisión familiar en blanco y negro fue mi primera experiencia sintiendo miedo y llorando de risa al mismo tiempo.

Unos diez años después —en algún momento de la preparatoria— al fin leí la novela de Shelley, y me sorprendió descubrir que el monstruo no recibe un nombre en todo el transcurso del libro. Y no sólo eso: el monstruo aprende a leer y, con el tiempo, a hablar de forma bastante elocuente y no con los gruñidos monosilábicos de la criatura de las películas. No obstante, me parecía imposible no imaginar a Karloff con su maquillaje mientras leía el libro que en verdad trajo al mundo al monstruo.

Poco sabía entonces del hecho de que la amalgama del monstruo y su creador, así como la apariencia de la enorme criatura verde, venía de la imaginación de dramaturgos ingleses y franceses que adaptaron la novela para el escenario después de su publicación en 1818. Como apunta la profesora Eileen Hunt Botting (quien ahora usa el nombre Eileen M. Hunt) en su fascinante y muy bien investigado libro *Artificial Life After Frankenstein* (University of Pennsylvania Press, 2021), esas obras de teatro influyeron en la adaptación de 1928 de la dramaturga inglesa Peggy Webling, en la que le da a la criatura el nombre de su creador. Y en el guion de 1931 Webling colaboró con John Balderston y añadió intrigantes cambios, como el que el monstruo se pusiera la ropa del doctor Frankenstein. Como observa Hunt: «Esta amalgama de padre e hijo aún domina la cultura popular, al grado de que la mayoría de los lectores de la novela original se sorprenden al descubrir que Shelley no le dio un nombre a la Criatura». Es en este guion de Webling y Balderston en el que Universal se basó para producir la que Hunt llama «la adaptación cinemática de la novela más influyente al día de hoy».

Pero tanto en el texto original de Shelley como en las adaptaciones que le siguieron, una parte de la historia se mantuvo siempre constante: la criatura del doctor Frankenstein termina por ser rechazada por su creador y la sociedad por ser un monstruo. Y es ese rechazo el que convierte a la criatura en una máquina de matar en busca de venganza. Así, en la novela, la criatura exclama: «Soy malvado porque soy infeliz. ¿Acaso no me rechaza y odia toda la humanidad?».

Viajemos sesenta años al futuro, y el niñito que había desarrollado una relación de amor-odio con aquel monstruo verde ha escrito su propia novela inspirada en la historia de Shelley de hace doscientos años. Comencé a escribir *Frankenstein chicano* el 10 de octubre de 2022, y lo terminé el 29 de noviembre. Y aunque pueda parecer un poco rápido, pasé más de un año pensándolo mientras escuchaba un audiolibro gratuito de *Frankenstein* varias veces para mantener la historia fresca dentro de mi cabeza y alimentar mi inspiración. Casi de inmediato di con un título que se volvería el definitivo y permanente. Tracé la historia en mi cabeza y trabajé en los nudos narrativos durante mis paseos a la hora del almuerzo. A causa de mi trabajo como abogado para el gobierno, mi escritura se vio relegada a las mañanas y las noches. Usé todo el tiempo libre que tenía los fines de semana y las vacaciones de Acción de Gracias para avanzar tanto como pude. Después de que Forest Avenue Press comprara los derechos en inglés de la novela, en la primavera de 2023, hice unos cuantos ajustes e incluso añadí una referencia al libro de Hunt, *Artificial Life After Frankenstein*, que leí después de que aceptaran publicar mi manuscrito.

Ese fue el proceso de escritura de *Frankenstein chicano*. Pero, ¿qué me llevó a escribirlo?

Durante veinticinco años, toda mi ficción, poesía y teatro han estado cimentadas en mi cultura mexicana y chicana. Nunca me he apegado a sólo una visión o forma de explorar mi comunidad. Me encanta escribir diversos géneros: realismo social, realismo mágico, ciencia ficción, fábulas, detectivesco, *noir* y cualquier otra cosa que haya en medio. No veo razón para atarme a una sola forma de contar historias. Sería bastante aburrido, y lo último que querría hacer sería aburrirme. Además, suelen inspirarme otros narradores y sus formas de expresarse. Ya que leo todo tipo de cosas, me inspira una infinidad de géneros. Era inevitable que en algún momento volviera a mi monstruo favorito de la infancia para encontrar inspiración. Y mientras más lo pensaba, más encontraba algo en la historia de Shelley que parecía estar en la posición perfecta para ser un trampolín para abordar muchos de los temas sociopolíticos que tenía en la cabeza durante el otoño de 2022.

¿Y cuáles eran esos temas? El ciclo de elecciones de media legislatura trajo consigo una nueva oleada de candidatos «MAGA» que continuaron promoviendo la idea de Trump de que la elección de 2020 fue fraudulenta. Parte esencial de su retórica —una vez más— era el ataque a los inmigrantes y a cualquiera que no encajara con su imagen de un estadounidense «real». Para mi novela, decidí crear una elección intermedia similar en un futuro cercano, e intercalaría en la narrativa reportajes, anuncios de campaña, programas de televisión y transcripciones de la Oficina Oval.

En lo que respecta al «monstruo» de mi historia, creé un mundo muy parecido al nuestro, pero en el que la reanimación de los recién fallecidos —quienes, en cualquier otro sentido, gozaban de perfecta salud— ha sido perfeccionado para reforzar a una envejecida fuerza laboral. Tras una década de reanimaciones, doce millones de los llamados «zurcidos» (un epíteto por demás cruel) caminan entre nosotros en los Estados Unidos. El héroe de esta historia es un auxiliar jurídico sin nombre que volvió a la vida mediante este controversial proceso. Lo vemos navegar un mundo que lo necesita y a la vez le guarda rencor. La bocona presidenta Mary Beth Cadwallader escupe una ponzoñosa retórica antirreanimación para robustecer los números de su partido en las contiendas del Senado y la Cámara de Representantes en las elecciones de media legislatura. Mientras tanto, nuestro personaje sin nombre se enamora de una abogada, Faustina Godínez. Naturalmente, esta relación expande sus horizontes conforme conoce a la red de amigos y familiares de Faustina, lo que lo embarca en un viaje en busca del doctor que lo reanimó y así poder descubrir la historia de su primera vida, que el procedimiento borró.

Mi novela no es un reflejo exacto de la de Shelley, pero así es como funciona la inspiración. Y el hecho de que un escritor chicano pueda, doscientos años después de la publicación de *Frankenstein*, tomar inspiración de la narrativa de Shelley para crear algo nuevo es señal de su genialidad. Shelley creó un mundo tan rico y complejo que cientos, si no es que miles, de novelistas, dramaturgos, cineastas y artistas gráficos se han inspirado como yo para crear sus propias versiones de *Frankenstein*. Algunos han explorado la relación padre-hijo entre el doctor Víctor Frankenstein y su creación, como hicieron Mel Brooks y Gene Wilder en su maravillosamente disparatada comedia de 1974, *El joven Frankenstein*. Otros —como yo— nos hemos enfocado en las implicaciones inherentemente políticas de ser un «monstruo» dentro de la misma sociedad que te creó, por un lado, y a la que le repugnas, por el otro.

A final de cuentas, muchos críticos están convencidos de que el notable legado del *Frankenstein* de Shelley va más allá del de una historia de horror. Su historia nos obliga a hacernos preguntas difíciles sobre la naturaleza humana, las relaciones de abuso y los límites morales de la ciencia. No obstante, quizá, la pregunta más grande que Shelley evoca en sus lectores se reduce a una cuestión muy sencilla: ¿Quién es el verdadero monstruo? Puesto de otra forma, ¿quién está libre de prejuicios? Incluso la persona de mente más abierta carga décadas de juicios implícitos acumulados en diversos ambientes: la casa, el trabajo y la sociedad en general. Toma muchísimo esfuerzo ver el valor entero de otra persona, sin reservas. Así que, desafortunadamente, sospecho que el monstruo está dentro de cada uno de nosotros.